◆◆ 中国文学名家散文精选丛书

穿越十二背后

吕金华　著

江西高校出版社
JIANGXI UNIVERSITIES AND COLLEGES PRESS

南　昌

图书在版编目（CIP）数据

穿越十二背后 / 吕金华著. -- 南昌：江西高校出版社, 2025.6. -- (中国文学名家散文精选丛书).
ISBN 978-7-5762-5620-8

Ⅰ. I267

中国国家版本馆CIP数据核字第2024T2E428号

责 任 编 辑　盛天涛
装 帧 设 计　夏梓郡

出 版 发 行　江西高校出版社
社　　　　址　江西省南昌市新建区工业二路508号
邮 政 编 码　330100
总 编 室 电 话　0791-88504319
销 售 电 话　0791-88505090
网　　　　址　www.juacp.com
印　　　　刷　鸿鹄（唐山）印务有限公司
经　　　　销　全国新华书店
开　　　　本　650 mm×920 mm　1/16
印　　　　张　13
字　　　　数　160千字
版　　　　次　2025年6月第1版
印　　　　次　2025年6月第1次印刷
书　　　　号　ISBN 978-7-5762-5620-8
定　　　　价　58.00元

赣版权登字-07-2024-995

序

　　我在写作上常常犯见异思迁的毛病，所以我的作品便混杂得很，竟有数十种体裁，一种大体裁中还往往有若干个变种。如贵州人民出版社2023年出版的《贵州新文学大系（1990—2019）》的儿童文学卷，就选用了我若干体裁的作品，包括小说、散文、戏剧、童话、寓言、诗歌、童谣等，若再细分，戏剧中又可以分出寓言剧和神话剧两类，寓言中又可分出传统寓言、套装寓言和诗体寓言三类，诗歌也大致可以分成童话诗、抒情诗两类，很像百货商店货架上摆放的商品一样。在适合成人阅读的作品中，我也有中短篇小说、散文、故事、戏剧、曲艺、新诗、传统诗词、评论、文论等体裁的作品发表，甚至小到灯谜，也编了不少。这其中如果再细分，就有更多变种，比如戏剧就写过小品、诗剧、独幕黔剧、多幕古装剧等作品；又比如传统诗词，就写过格律诗、古风诗、词、曲、赋、联等类型的作品。这反映出了我在写作上见异思迁、没有定力的缺点，也使我的作品出现了如《孙子兵法》所言"无所不备，则无所不寡"的状况。但事物总是一分为二的，上稿率、转载率、选录率自然就要高一点。像《贵州新文学大系（1990—2019）》的儿童文学卷，就选录了我那么多类型的90多件作品，占了约160页的篇幅，真是捡了大便宜，使我有点受宠若惊之感。

　　我是自1990年开始发表散文作品的，那时年仅二十多岁，懵懵懂懂，并没有写作经验。最初发表的是两篇微型散文，其中一篇《秋菇》，连标点仅有127字，后来被福建少儿社2017年6月出版的《中国当代微散文精品》一书选录，《贵州新文学大系（1990—2019）》的儿童文学卷也选录了，真是幸运得很。

　　三十多年匆匆过去，如今堆积的散文也有了一定体量，这次应约编《穿越十二背后》这本散文集，方知全部篇什真就一个"散"字了得，无论体裁还是内容都显得很是混杂，既不好完全按内容分辑，也不好完全按体裁分辑，但一本散文集，还是需要分一下辑，才能使目录好看一些，条理和逻辑清晰一些，所以只好既考虑内容，也适当照顾体裁，弄了半天，才勉勉强强把集子中的全部篇什划拉成了四辑，却依然显得很"散"，很混杂。刚编出初稿时，我因这种混杂而懊恼不已，但发给几位文友读了，他们都说内容广博、体裁多样，能使人读着不因千篇一面而易于生腻，这又使我稍稍感到一点儿宽慰。

　　第一辑"绿房子"，收录了写我童年生活的几篇作品。有的是自由创作发表的，如原载《中国校园文学》的《护身符》；有的是应编辑之约发表的，如原载上海《少年文艺》的《猪儿粑》；还有的被一些选本选录，如《猫头鹰》发表后，被湖南教育出版社出版的《小溪流》创刊20年作品精选集《花的声音》选录，《绿房子》发表后，被安徽少年儿童出版社出版的《纯美散文荟萃》选录。同时，《猫头鹰》《绿房子》《黑黑》《护身符》等，也入选了《贵州新文学大系（1990-2019）》儿童文学卷。这一辑的散文作品，是我少儿时期的记忆珍藏。

　　第二辑"神钓杂说"，收录的是一些带点儿劝诫、哲理、阅读或知识性的散文，长短不太相称，老熟与稚嫩融为一炉，所以也是一个混搭，正应了一个"杂"字。《赠友三题》的第一段说：

"吾友某，手握重权，下笔能批数万巨款，身边常是美女如云。吾恐其祸之将至，乃仿宋周敦颐之《爱莲说》、唐张说之《钱本草》、三国诸葛亮之《诫子书》，成《爱钱说》《权本草》《戒色书》三题，以赠吾友，盼吾友常阅之，谨行之，趋益避害，修成正果。"然后以《爱钱说》《权本草》《戒色书》三题融在一起，构成全篇，其手法较为诡谲，行文带点儿之乎者也，穿戴显得有点古怪和另类。而《微散文一组》中的散文，却显得稚嫩和短小，如《地下水》："地下水被埋没着，却并不抱怨，而是寻找地层缝隙，以泉水的方式喷涌出来，那些埋藏得更深的，更以温泉、热泉、沸泉的方式喷出来，形成惊世奇观。"把这类篇什混编为一辑，目的只是想给读者提供一些新的面孔，使他们读着不致于感到千文一面，容易疲劳生厌而已。

第三辑"天下一皮"，收录的是一些写人的散文，和写我自己过去数十年生活轨迹的一些散文。《天下一皮》写的是唐代诗人皮日休的故事，尝试了一种幽默、轻松、调侃的写法，使这篇散文与我别的散文风格迥异；《橄榄刘》在写法上也较新颖一些。我于1963年生于贵州农村，虽然小时候的生活非常艰难，但终究是生在和平与发展的好时代，通过全国人民坚持不懈地努力奋斗，使我们的日子过得越来越幸福。我们的交通日新月异，我们的通讯发展得像火箭一样快，互联网彻底改变了我们的生活，一切都发生了翻天覆地的变化，这些变化真像是美味的馅饼天天从天上掉下来，砸在我们头上，砸得我们幸福无比。我把这些变化定格成文字，意在使幸福无限绵延。

第四辑"穿越十二背后",收录的是我平时写成的一些游记。2010年,我随一个考察队两次去我们县的油桐溪大地缝(又名十二背后)探险,为县里寻找旅游资源,写成了散文《穿越十二背后》,发表后曾获过一个全国性散文大赛一等奖。以这篇散文为脚本完成的电视记录片《探秘十二背后》,荣获了贵州新闻奖二等奖、贵州广播电视专题片纪实类一等奖、遵义新闻奖一等奖。我外出旅游时,也写过一些游记,本辑也选录了几篇。写游记往往会落入仅写眼见、多人所写趋同的尴尬,所以我力图在手法上、思想上避免嚼别人嚼过的馍,将新一点的手法和思想呈现给读者。如《横卧的大佛》《涞滩禅语》《钓鱼城里寻王坚》《幻游乐山大佛》《青城山上寻圣灯》等篇,就采用了虚实结合、类似寓言的写法,并把某些思想贯穿其中。什么味?读一读就知道了。

我还写过一些辞赋、铭文、墓志、碑记之类的旧式散文,但因为多为文言文,且显得过于老气横秋,如果选到这本集子里来,一定会格格不入,所以只好取消了它们入集的资格。

总之,这是一本很混杂的散文集,切盼读者能包容我的见异思迁。

是为序。

吕金华

2024年10月21-22日

目 录
CONTENTS

第四辑
穿越十二背后

第一辑

绿房子

黑黑

黑黑是我小时候曾经养过的一头牛，一头黑色的黄牛。

我三岁的时候生过一场重病，躺在家里的床上奄奄一息，这时候一只麻雀飞进来，蹲在帐架上，用无神而冰冷的眼光盯着我。家里人赶不走它，只好把它捧了送出门去。端着半碗白糖颠着两只小脚来看望我的邻居祖祖婆把我母亲拉过一边说："这孩子怕是……这麻雀，是来……"意思很明显，那麻雀是阎王爷派来勾我小命的小鬼的化身，我怕是没有好转的希望了。但就在这时，我家那头本来十分健壮的大白牛不知怎么正在拉犁时突然死了。于是，那位邻居祖祖婆又高兴起来，说是大白牛替了我，我不会死了。后来此事传遍了方圆好远的地方，传者言之凿凿，不由人不信，因为我真的没死成，就成了很好的见证。那个大白牛替我去死的故事，经老人们再三再四地摆给我听，就在我脑海里扎下了很深很深的根。过去了好多好多年，仍时时在我记忆的屏幕上朦胧地影现。

因有那个故事，所以我深爱牛。我所说的黑黑是大白牛的外孙子。

我六岁那年，我家那头黄母牛——大白牛的女儿——怀孕了，不久就生下一头小牛，因为它全身的毛都是黑亮黑亮的，没一根杂毛，所以我给它取名叫黑黑。黑黑半岁时，它的妈妈不幸在坡上牧放时摔下了高坎，摔折了一条腿。生产队队长见黑黑的妈妈成了残废，就顾不得它多年拉犁的辛苦，命人把它杀了，吃了肉，卖了皮。杀黑黑的妈妈时，黑黑"哞哞"地叫着奔来跑去，跑了一天一夜，声音都叫哑了，脸上的毛被眼泪流成了两道沟沟。后来，黑黑就总是用冷冷的眼光盯着人看。我从它的眼光中读出的是它对人的不信任和不理解。

黑黑长到 1 岁时，该打鼻了，父亲请先生定了吉日，削了一管锋利的竹扦，在红红的柴火灰中反复地煨了几次，退了青，然后用绳子套了黑黑的头，拴在一棵大树上，找来几个人帮忙擒住黑黑，用竹扦从黑黑两个鼻孔间的软组织处穿了过去。穿了牛鼻的竹扦的管中，有一管子黑黑鼻子中的肉。黑黑的两个鼻孔间立即有了一个圆而透亮的洞。父亲用一根牛鼻绳从那个洞中穿过，绕过黑黑的两只耳朵打一个死结，便算完成了打鼻的大事。同时也预示着黑黑将终身被一条绳子牵着，失去欢蹦乱跳的自由。看了给黑黑打鼻的经过，我的心中老是疙疙瘩瘩的，像有一个瘤子塞着一般。"你痛不痛呢，黑黑？"我常常摸着黑黑的头问。

黑黑的脾气变得越来越坏，除我之外，不要任何人碰它，要是谁有意碰了它，总要被它打一蹄子。

后来，队里决定将黑黑判给我的一位远房阿舅家喂。判给阿舅家后，我每每见到它，总不见它脸上有云开月朗的喜悦之色，有的只是冷寂和怨愤。阿舅家的人怕它用角和蹄伤人，放牧时也总是将一根长长的竹筒套在牵绳上，一旦它想自由地乱动一下身子，牵它的人就会用竹筒子拄着它，不叫它靠近牵着它的人。其实黑黑也还是严守着"人不犯我，我不犯人"的信条的。这一点我坚信不疑，因为我跟它耳鬓厮磨的时间很长，它的脾气我摸得很透。

俗话说："三岁牛儿十八汉。"意思是十八岁的孩子就成了大人，要顶天立地地用劳动来换取生活了；三岁的牛儿已很壮实了，就该要为人拉犁耕地了。但牛与人却不同，人是为了自己生存，牛却是为了别人的生存而被奴役。在我九岁时，黑黑已三岁了。阿舅于是决定要教会它耕地的本领。白露时节，秋高气爽，庄稼收尽，四野空阔，人闲牛闲，是教牛的好季节，阿舅也照例请先生定了吉日，扛了犁铧，牵了黑黑来到一块宽敞的空土里，叫表哥牵了黑黑，就要将枷担往黑黑的肩上套。黑黑仿佛觉出了什么，就拼命地挣扎，但挣扎是没有用的，因为可以致它疼痛非常的鼻绳牢牢地抠在阿舅那青筋鼓绽的大手里。枷担加好了，阿舅命表哥牵了牛绳，他在后面掌犁开始教起来。

黑黑总是不听指挥，你挥鞭叫它拉着往前走，它偏偏后退；你要它向右转，它偏偏向左转。犁了几个来回，阿舅累得"吭哧吭哧"地直喘粗气，而黑黑却两眼闪着吓人的红光盯着阿舅和表哥。"什么样的犟拐拐牛也能教会，只要舍得花功夫。在我手上教会的牛没得十头也有八头了。"阿舅很自信地说。接着就响起一阵阵暴雨般的鞭打声。

一般的牛三天就能教会，可阿舅教了十天了，也没有教会黑黑。有几回，黑黑甚至拱着背脊一退，挣脱了枷担的套绳，满坡满岭地疯跑起来。累得全生产队的人都来围追才把黑黑赶回来。教牛的季节过了，阿舅没能教会黑黑，尽管黑黑的背上被他用鞭子打得新伤叠旧伤的。

第二年一到白露，阿舅又择定吉日——村人们做什么较庄重的事都是忘不了要择定吉日的——开始教黑黑了，可黑黑似乎比头年更倔，阿舅和表哥费了好大劲才给它加上枷担，但没犁几步，黑黑就拖着犁铧飞奔起来，从坡上跑到坡脚，从山路跑到田埂，满生产队的人来拦阻也无济于事。直到把犁铧拖成了碎片也没有停止奔跑。这一季又没有教成。生产队的人建议说："耕地不行，就专门训练它耙田吧，耙田要简单得多。"于是阿舅又教它耙田，但它拉着耙子总是疯一般地乱转，转得满田的人都得给它让位，以免被耙子耙伤。

第三年，阿舅仍没有教会黑黑耕地的本领。于是生产队的人就商量着要把它杀了吃肉。头天晚上商定，第二天早上阿舅握了长而闪光的杀牛刀去圈里牵黑黑出来宰杀时，发现黑黑不见了。但牛圈门关着，有人说，黑黑是从牛圈门上的空隙处跳出来逃走的。那些天，天天都晒着太阳，地面很干燥，所以地上没留下黑黑的脚印。全队的人死牛瘟牛地骂着满山满坡地找了几天，也没有找到黑黑的踪影。于是又断言，黑黑被人偷了，杀了，宰了，剥了皮，吃了肉。黑黑就这样在人们的视野里消失了，过了没多久，村人们在吹壳子时，也没人再提起黑黑的事了。只有我的心中老是有黑黑的影子在晃，总希望它是被吕洞宾、铁拐李那些大神仙们救了去。

过了两年，有个科学考察队来考察我们那儿的一座原始森林，说是有重大而惊人的发现，发现了一头比一般黄牛大一倍，腿脚粗壮，力大无穷，奔跑如飞的黑色野牛，好多报纸都登了文章。但我坚信，那不是野牛，是我日思夜念的黑黑。黑黑不是普通的黄牛，它长大了，具有了超凡的能力。

护身符

那天我躺在病床上，手里握着那个小时候的护身符，很多年前的往事又在脑海中映现出来，仿佛黔北偏远山村那位细嘎嘎（音gāgā）又颠着她那双缠后放开的脚笑微微地向我走来。

那场史无前例的运动开始时，我才五六岁。爸爸妈妈因受运动的牵连被送到很远的地方蹲牛棚去了，留下我没人照顾，便通过许多关系，把我寄养在了与我家非亲非故，且根本不认识的，黔北偏远山村的细嘎嘎家。

在那个山村，人们称外公外婆叫嘎嘎，为了区别，又往往有把外公称为大嘎嘎，把外婆称为细嘎嘎的。母亲后来说过，细嘎嘎命很苦。她一生生过九个儿女，可是只养活了一个女儿，后来招了一个女婿上门，这就是被我叫做大伯和伯娘的人。细嘎嘎五十岁那年，丈夫又被牛打死了，她哭啊哭啊，从此双眼便落下了迎风流泪的毛病。细嘎嘎小时候缠过脚，后来虽然放开了，但脚板心被脚趾摁出的大坑坑并没有消失，还像哭娃娃的嘴巴一样，大大地张着哩。所以，细嘎嘎的脚不但时常要剪老茧，而且走路也像才学会走路的小娃娃一样，有些摇摇摆摆的，走不得远路。所以细嘎嘎除了在家里转来转去地做饭喂猪以外，一般是不出远门的，赶场也不去。细嘎嘎有一个外孙子和一个外孙女，外孙子比我大三岁，外孙女比我小四岁，他们整天细嘎嘎细嘎嘎地叫，我到了他们家后，也跟着细嘎嘎细嘎嘎地叫。细嘎嘎也很喜欢我，不但不把我当外人看，而且还处处护着我，夏天怕我热着，冬天怕我冷着，上山怕我摔着，下河怕我淹着……她说："二娃真可怜哩，小小的，得不到爹爹妈妈管了，唉，真可怜！"其实，在我的感觉里，住在细嘎嘎家倒觉得比在爸爸妈妈身边时还要好上加好哩。

细嘎嘎虽然认不得字，却会医治些毛病，我要是脑壳痛屁股痛的，细嘎嘎准能给我治好。有一回，我的左手中指上生了个疔疮，乌亮乌亮的，挺吓人，细嘎嘎见了，就要给我打油针。打油针这种"手术"我见细嘎嘎给哥哥动过，用缝衣针穿上线，把线浸上菜油，然后把针从疔疮上穿过，把线点燃拉过去，疔疮里的脓水一流，疔疮就会很快结个疤，疤一掉就好了。可是又是针又是火的，挺吓人。要给我打油针，我是宁可丢掉手指也不干的。看到细嘎嘎找来了针线，我吓得撒腿就跑，细嘎嘎只得颠着她那双缠了又放的病脚边追边喊："二娃，二娃呀，回来，嘎嘎不给你打油针了。"喊着追着，细嘎嘎的脚被块石头一绊，整个人摔倒在地上了。细嘎嘎是上了年纪的人，这一摔可不轻，好半天爬不起来。我见细嘎嘎被摔了，不敢再跑，就大着胆子回转来扶起她，替她挽起裤脚一看，她的右膝盖被磕得青红紫绿的，还有毛毛血渗出来。细嘎嘎没有叫痛，而是牵了我的手，一瘸一拐地往回走。边走还边对我说："打油针一点都不痛，你看我给哥哥打过的，哥哥也没有痛，还笑哩。打了油针，给你糖吃。"细嘎嘎说完话，没听见我吭声，回头看了看我，又说："我看你还是怕，那你试着自己打吧，真的一点都不痛哩。"回到家，家里这时候没其他人，细嘎嘎便找来针线和菜油，叫我试着打，我咬紧牙挺紧张地把针从我的疔疮的表皮上穿过，嘿，真的一点都不痛哩。接着细嘎嘎又叫我闭着眼睛拉针。我再一次咬紧牙一拉，没想到细嘎嘎趁我闭着眼时擦燃火柴点着了线，就这样，我把燃着的线从我的疔疮中拉了过去。不过真的一点儿也不痛。疔疮中的脓水流了，过了两天就全好了。打完油针，细嘎嘎在她的怀里掏呀掏呀，掏出一个手巾包，一层层地打开，神秘地拿出一颗水果糖来，那糖已经有些熔化了，撕了好半天才把糖纸撕下来，然后塞到我嘴里。我吃了糖，细嘎嘎却虎着脸对我说："我被摔了一跤的事，你可千万不能跟你大伯和伯娘说呀，你要是说了，可就不乖了。下次我就再不给你糖吃了。"我虽然不知道细嘎嘎为什么不要我说，但我还是记住了，真的没说。细嘎嘎"医病"的道道不少，什么打比杆呀，打扎头呀，掐鱼鳅症呀，烧羊子呀，刮箭呀……什么用兰花根治蛔虫病呀，用马鞭烧退烧呀，用鱼鳅散打食呀，用通大根消肿呀……她用这些医道医好了我的许多小病小痛，使我顺顺当当地活了过来，而且到爸爸妈妈接我回去时，还长高了一半，并壮得像一头小牛犊了。我当时觉得细嘎嘎挺神秘，很了不起。

细嘎嘎的魂儿仿佛是和我的魂儿连在一起的，我的魂儿丢了，细嘎嘎的魂儿也仿佛丢了。有一回，我在河边摸鱼，摸到一条既不像黄鳝，又不像蛇，好像两头都有头眼的怪东西，滑腻腻的，怪吓人。我被吓得跌倒在水里，爬起来时，已浑身酸软，一点儿力气也没有了，真像掉了魂儿似的。回家后，细嘎嘎见我没有了往日的灵气，一个劲地问我是怎么回事。我不敢说我是下河摸鱼去了，因为细嘎嘎告诫过我，不让我一人下河的，要去也得跟大人一起去。细嘎嘎于是脸上挂上了疑云，直到晚上洗脚，细嘎嘎才说："二娃怕是被哪样东西吓着了吧？"于是洗罢脚，便提了煤油灯，牵了我的手，来到大路边给我喊魂："鸡吓着，狗吓着，都回家来栖身罗。鸡吓着，狗吓着，都回家来栖身罗……"幽幽的喊魂声在夜空里回荡着，在我的感觉里，仿佛真的有个像飘悠悠的烟雾一样的魂儿从遥远的地方丝丝缕缕地飘来，注入了我的身体里。喊罢魂回到家，我还是没有笑容，细嘎嘎又拿来一个鸡蛋在我全身上下地滚，滚完又用菜叶包了，放到灶火里烧，然后剥了给我吃，说是那蛋就是喊回来的魂儿，吃了就定在身上了。那晚躺在床上，那滑腻腻的怪东西的影子老在我眼前飘，使我好大半天没有睡着觉。细嘎嘎也没有睡着，我见她几次起来看我，虽然我装着睡得很香，但细嘎嘎还是像看出了什么，把我抱到了她的床上，搂着我睡。还给我唱童谣："鸦雀窝，板板梭，梭到对门荞子坡。今年荞子好，明年荞子多。推成面，擀成线，放到锅里团团转。公一碗，婆一碗，幺儿媳妇舔锅铲。"在细嘎嘎暖暖的哼唱声里，那个滑腻腻的怪东西的影子就一丝丝地渐渐淡去了，不一会儿，我就在细嘎嘎的怀里甜甜地进入了梦乡。我至今不知道是否真是细嘎嘎把魂儿给我喊回来了，反正第二天我又欢蹦乱跳的，当然细嘎嘎也露出了笑容。

细嘎嘎总是怕我受了委屈。那时，细嘎嘎家的粮食不多，吃的饭总是大米少苞谷多。但细嘎嘎做每顿饭时，总是留些米饭不拌苞谷，这些没有拌苞谷的白饭就是给我和小我四岁的小妹妹留的，连仅长我三岁的小哥哥也没有福气享受，常常馋得他直吞口水。有一回，大队长的胖儿子发财放风筝，我见了眼馋，趁他没玩时玩了一会儿，结果被他狠狠地骂了一顿，骂了许多脏话，还骂我是什么小牛鬼蛇神。细嘎嘎知道了这件事，就领了我去找大队长，说大人是牛鬼蛇神不关孩子的事，要大队长家的孩子从此不要骂我是小牛鬼蛇神。论辈分，细嘎嘎是大队长的长辈，所以细嘎嘎对大队长说话时还气冲冲的哩。过了那一次，胖得圆滚滚的发财真的没再骂我是小牛鬼蛇神。第二天，是赶场天，因为脚不大灵便的关系从来不去赶场的细嘎嘎却领着我提了两升豆子去赶场了。那豆子是细嘎嘎在打豆的季节，从生产队打谷场边的草丛中一粒一粒捡回来的。捡这两升总共只有七八斤的豆子，劳累了她十多天哩。细嘎嘎晒干豆子时说过，要把豆子留着磨豆腐吃。赶场那天，天很冷，我们走了二十多里山路，终于来到集市上。细嘎嘎把豆子摆在街上卖，可好久都没人买，后来好不容易来了一个人，出的价又很低，细嘎嘎也不管价高价低，就把豆子卖给了那人，然后捏着卖豆子的钱，又领着我去买风筝，她要我挑一个最好的鹰风筝，鹰风筝很贵，买了风筝剩下的钱，只够吃一碗抄手了，于是细嘎嘎买了碗抄手给我吃。我叫细嘎嘎也吃几个抄手，细嘎嘎尝了尝说："一点都不好吃。你就一个人吃吧，我不喜欢。"我以为细嘎嘎真的不喜欢吃抄手，就一个人吃了个碗底朝天。后来我才知道，细嘎嘎也并不是不吃抄手的。回家时，细嘎嘎的脚走起来越来越吃力，走一会歇一会，直到天全黑了才回到了家。晚上洗脚时，我发现细嘎嘎的脚已经肿起老高了。我买回来的风筝比胖子发财的风筝还要好，我们一起到山上放，我的风筝总比发财的飞得高些，把胖子发财气得哭了一场哩。

几年之后，我的父母把我从细嘎嘎身边领走了。临走时，细嘎嘎噙着眼泪，把一个用青布缝的护身符套在了我的脖子上。现在，细嘎嘎已经过世很多年了，但她给我的护身符仍然收藏在我的箱子里，虽几经搬迁，仍舍不得把它丢掉。看着它，细嘎嘎的身影就会在我的脑海中晃动起来，而且十分清晰、明朗。

（按：本文情节多为虚构。）

猪儿粑

"乒乒……咚，乒乒……咚"。正当大雪纷飞，到处一派"山舞银蛇"的除夕前几天，黔北许多山寨的春碓声便整日此起彼伏响起来，与鞭炮、二踢脚的偶尔爆响混在一起，仿佛一支打击乐队不停演奏。那是农家在做猪儿粑了。

腊月二十，父亲去打米房打了一挑黏性强的本地糯米和一挑香味好的麻谷粳米回来，各称出二十五斤混在一起，挑到龙洞湾，用清花绿亮的井花水淘洗得干干净净，并和着井花水挑回来，倒在柏香木大盆里浸泡着，两天换一次水。

腊月二十七，父亲一大早就把盆里的米滤到一个大筲箕里，接着开始洗碓窝和碓啄。

一寨的多数人家都有春米的踏碓，我家的踏碓安在大大的灶房里。一个粗笨的石碓窝埋在地里，碓窝口与地面平齐。碓身像一只巨蜻蜓，但蜻蜓身短尾长，踏碓却身长尾短，两只短翅膀架在木桩上。一个人春碓时，用一只脚将碓尾巴用力踩进下面的土坑，又重又长的碓身即在木桩支撑下高高扬起，脚一放，碓啄在碓身的重压下沉沉地啄进碓窝，便完成了一个春碓动作。我家的踏碓又大又重，一个成年人踩都很吃力。

做猪儿粑是个大活儿，得舂七八个小时才能舂完，所以需两人合作，一人出左脚，一人出右脚，同时用力踩碓尾巴，不停地舂，才能完成任务。舂一天碓，比连续走几百里路还累，一双腿得疼好几天。父亲和大哥是踩碓尾巴的主力，年小力弱的我只能偶尔帮帮脚，算个替补队员。

母亲拿个直径一米五的大斗笸洗干净，架在两只高板凳上，再找来只直径一尺、边缘高两三寸的箩筛候着，等到第一窝米舂得差不多时，便把碓尾巴踩死，使碓身昂扬着，让母亲从碓窝里把米面舀进瓷盆，又把米舀进碓窝里舂。当我们继续舂时，母亲则一瓢一瓢把米面舀进箩筛筛进斗笸。母亲筛米面的动作像是在跳一支动作单一却很优美精熟的舞蹈，洁白的米面从箩筛下飘进斗笸，跟屋外的纷纷大雪落在地面相映成趣。其实母亲"舞"得很累，第二天一准会腰酸背痛。

箩筛是我们当地的巧篾匠做的，底是用极细的竹丝编成的，孔眼很小，筛下的面粉很细很细。过不了箩筛的颗粒，又会和米一起倒回碓窝里再舂。腊月底白天很短，舂完筛完，已是掌灯时分。灯光下，斗笸里的米面像一座雪山，洁白，亮眼，散发着淡淡米香味。接下来该是揉面和蒸煮了。揉面前要先烧一锅开水备着。揉面时，加很烫的水在面里，才能把面揉成团，用冷水揉面则易散。揉面要大力气，需父亲和大哥出几通汗水才能完成。我在边上看着，手痒痒时也参加一下，但总是水加多了再加面，面加多了又加水，结果仍然揉不成团，只是给父亲和大哥增添些麻烦而已。

揉成团后，得分成一个个，每一个都团成椭圆的猪背形，每只大约一斤重，整齐摆在斗笸里。一座洁白的雪山很快就在两双大手下变成了一群面乎乎的"白色小猪"。做"小猪"的同时，还会做一些拳头大小圆锥状的米团子，包上豆沙或油渣，与猪儿粑摆在一起，像一群小雪人。

我家灶房的大灶头上坐着两口大铁锅。一口直径二三尺，叫三水锅，是天天做饭、炒菜的锅；一口直径约四尺，叫大锅，平时用得少，主要用途之一就是蒸猪儿粑。

蒸猪儿粑时，先在锅里掺半锅水，放一个竹制大粑簝在锅里，将生猪儿粑整齐有序地摆在粑簝上，看去像一群小白猪在航母上行进，同时将米团子摆在空隙处，盖上竹编大毛盖，将灶洞里的柴火烧得旺旺的蒸起来。一会儿，灶房里便雾气腾腾，一家人仿佛变成了云雾山中的神仙。

蒸上猪儿粑后，便在灶头边点一炷香计时，等烧完两炷香才能起锅，否则猪儿粑没有蒸熟，会成夹生粑。要是蒸上两锅猪儿粑，一定得鸡叫三遍，再收拾收拾，天就刷白了。

我和妹妹们即使瞌睡再怎么来，也要馋馋地等到第一锅猪儿粑起锅，吃了粑粘馅香的米团子才会去睡觉。

第二天，我们一早起床，就见那一排排蒸熟的"小白猪"整齐地排在大斗筐里，仿佛在演武场上排着队迎接我们的检阅。这支猪队伍得在大斗筐里排上好几天，直到干硬了才从斗筐里拔下来用木桶或瓷缸装着。拔去猪儿粑的斗筐里会留下一些椭圆形印痕，洗都洗不去，将保持很长一段时间。

为了避免猪儿粑裂口，切不成块，过几天又用井花水泡起来，并三五天换一次水，使其保存几个月也不裂口和变味。

正月间，城里的亲戚来我家拜年，母亲会给他们每人煮一碗热气腾腾的甜酒猪儿粑块。甜酒是自家用纯本地糯米酿制的，也是地地道道的乡土味。他们难得吃到这又糯又甜还带着酒味的猪儿粑，个个胃口大开,一会儿就风卷白云,碗底朝天。

这波客人去了,那波客人又来,这回母亲端出来摆在桌上的,是油炸猪儿粑块,还有加了白糖的炒豆面。客人用筷子夹着又糯又软的油炸猪儿粑块,粘上白糖豆面,软、糯、香、甜,吃得爽口爽心。

第三波客人来时,母亲又变一个花样把猪儿粑上到桌上。她将猪儿粑切成较薄较小的块,与自家杀年猪后挂在火炕上熏成的腊肉,加上自家种的香香辣辣的干朝天椒,再放上刚从菜园里拔来的新鲜姜、蒜一起炒。这腊肉猪儿粑一上桌,客人们会不顾吃相,瞬间来个光盘行动,嘴角流油。

客人们拜别我家,母亲会送他们猪儿粑作为回礼,让他们欢天喜地背回去敬老人、哄孩子。

正月的夜晚,一家人与串门的邻居围着火炉聊天时,母亲便切些猪儿粑块放到炉盘上烤起来,当烤得鼓鼓胀胀、二面焦黄时,你一块我一块粘着白糖豆面慢慢嚼,权当夜宵,把陈年的故事和香糯的美食一起吃到肚子里。

开了年,我们一家人上山烧灰给种庄稼准备肥料,为节省上下山时间,中午就吃烧猪儿粑。一场大火把一大堆拔拢的腐叶、乱草、刺丛烧成了红火炭与尚有火力的子母灰,这时母亲便将切好带来的猪儿粑块放到子母灰里烧,等到一块块烧得鼓胀起来,带点儿焦黄了,就夹出来,吹一吹,拍一拍,津津有味吃着,又烫又糯又香,赛过天下美味,仿佛咀嚼着即将到来的丰稔。烧了几天灰,吃了几天猪儿粑,我们给新一季庄稼准备的肥料就差不多了,只等到时候交给生产队记工分。

我读初中时,有一天,大人们上山劳动了,留我在家做饭,我打算做油炸猪儿粑时瞎捣鼓起来,炸的时候,一会放点糖,一会放点醋,结果做成了糖醋味的，酸酸甜甜，还挺好吃。大人们劳动回来，吃着我的新发明，赞不绝口。从此，糖醋猪儿粑成了我家的秘密美食，因为别人家还没谁想到猪儿粑可以这样吃。至今我想起这件事仍然得意非常。

我早离开乡村在城里扎下根来，并已退休颐养。但每当看到天下大雪，仍然会想起当年一家人做猪儿粑累并快乐的情景。每到过年时，我们两夫妻也会领着儿孙，买来地道的猪儿粑，做成各式祭品，点燃香烛祭奠逝去已久的父母，与他们分享这份久久不去的乡愁。

2022年9月

猫头鹰

因了猫头鹰能捉老鼠，我又特恨老鼠的缘故，所以我便很喜欢猫头鹰，哪本书上有关于猫头鹰的文字，我定要一字一字地阅读，在我写的一些不成样子的童话和寓言里，猫头鹰也往往是主人公，是正面人物。

那年夏天，我到黔北一个山村采访时，又见到了我很喜欢的猫头鹰。那是在一户四周都是林子的农家的墙头上的笼子里蹲着的一只猫头鹰。

"你们这儿随时可以见到林间飞着蹦着鸣着的鸟儿，怎么还逮只猫头鹰笼养着呢？"我不好责备主人不该这样做，但却在委婉地表达着我希望他放了猫头鹰的愿望。

"这是不知怎么落到家里来的一只小猫头鹰，还不会飞，我将它笼着，是想把它养大，为我家捉老鼠。"主人介绍说。他是一位年近六旬的慈祥的老人，穿着一件对襟汗衫，手里握着根长长的用竹鞭做成的叶子烟杆儿。

主人说："白天我用田螺喂它，晚上它的妈妈会衔着东西悄悄来喂它的。"时间已经过去很久了，我还常常想起那只猫头鹰：你长大了吗？你的翅膀怕没有得到飞行锻炼吧，你的身手恐怕不会因长期笼养而变得十分迟钝吧……

想起这件事，我又禁不住想起我与猫头鹰这种鸟儿之间的其他一些往事来。

我小时候家住农村，房前屋后有许多高大的树和许多青翠的竹，整天都有鸟儿在枝头鸣唱。特别是有一种美丽的鸟儿，天刚蒙蒙亮就叫起来，那叫声又刁，竟像是"儿紧睡，儿紧睡，几棍棍儿，几棍棍儿"，害得我们这些贪睡的孩子也不好意思久久地念床不起。还有长尾巴的"山喳"，喳喳叫的喜鹊……

我家房左的一棵大人合抱粗的红豆杉树上，不知何时住上了一窝猫头鹰。有一次，有两只小猫头鹰掉下树来，被我逮着了。我自小爱鸟，想把它们养大。我用米饭喂，用蚯蚓喂，用蜻蜓喂……可它们总是把头偏过一边，嘴也懒得张开，只用呆滞的目光盯着我。大猫头鹰也常飞到我家墙头上来，用刀子一般的眼光刺向我，我生了一种负罪感。第四天天亮后我起床一看，有一只小猫头鹰已经死了，我不忍心让另一只也死掉，就把它捧着搭梯子送回了红豆杉树上的鸟窝里。后来读了些书才明白，猫头鹰的眼睛在白天其实视力很弱，看东西是很模糊的，只有到了晚上才特别有神，在黑夜里照样能看得清清楚楚。那一段日子，我家虽然没有养猫，但屋子里的老鼠也不像先前那样猖狂。先前，老鼠们总是在我家房里打架，从熄灯打到天亮，长此不疲。

我们那个寨子里的人对猫头鹰却没有好感，因为它有时会在夜间鸣叫，而且叫声很凄厉，"孤——寡——孤——寡"的，像孩子的哭声，所以大家都叫它夜娃子或鬼灯哥，说是夜娃子叫，寨子里就要死人。我的父亲因为没有读过书，也很相信那一套。有一天夜里，猫头鹰又叫了，第二天寨子里有个人因到崖上打柴摔死了。这一来，寨上的头面人物们和我的父亲就再也不能忍受猫头鹰在我家房左的红豆杉树上栖息了。父亲于是搭上梯子爬上树去扒掉了猫头鹰的窝。猫头鹰的家搬到远处去了，不久我家房里的老鼠又开始打起架来。我父亲哪里知道，一只猫头鹰在一个夏天里就能吃一千只老鼠哩，那将为我们节约多少粮食啊！

我父亲拔鸟窝也不是一次两次。有一回，他嫌我家房侧一棵枫树上的一窝喜鹊有时候会偷啄我家刚下的玉米种子，就搭上长梯爬上那棵挺高的树去捣毁了喜鹊的巢。父亲在捣毁喜鹊的巢时，一群喜鹊飞回来，喳喳凄叫着，要去啄我的父亲。我又同情喜鹊的遭遇，又怕它们啄伤了我的父亲，那情景让我不忍久看，仿佛自家的房屋被人毁了一般难受。父亲后来告诉我，那是一个十分牢固而精致的巢，外面用许多比较粗的树枝搭成，里面由比较细的树枝、草茎组成，还涂上了泥灰，铺垫着柔软的鸟毛、兽毛、麻丝和苔藓。巢的上面有枝条编成的"屋顶"，周围是用枝条编成的"墙壁"，还留有两个出口哩。有人说，喜鹊做巢时，衔一棵树枝就要吐一口血，也不知道是真是假。于是，我便常常想，我们的先民是不是受了那些做得精致的鸟巢的启示才做起房子来的呢？还想，如果有机会，一定要做一间这样精致的鸟巢送还给喜鹊们，但这件事终究没有做成，至今还总像欠了一笔大债一般难受。

二十世纪八十年代初，我中师毕业被分配到一间乡村中学任教了。那是因响应"五·七"指示而建在高山上的一间中学，这所学校离公路也要走两个小时山路，全校老师、学生总共不到 100 人。每到晚上或节假日，几间大木房子里就只有我一个人出入，漫漫长夜唯有昏黄的油灯相伴，真是寂寞难耐。特别是到了深夜，附近的林子里时常传来

"孤——寡——孤——寡"的猫头鹰那如哭泣一般的叫声，加上老鼠们在木房里肆无忌惮地打架的声音，常常吓得我汗毛直竖。

有一个暑假的一天夜里，我正开着窗户伏案写作，一只猫头鹰飞落到了我的窗台上，它瞪着一双好奇的圆眼睛盯着我。我也盯着它那张猫脸静静地看了好一会。这以后它天天来，我也天天开着窗户迎接它。它的出现，多少给我寂寞的生活增添了一丝欢悦。这样过了十来天，它终于敢跳到我的桌子上来了。再过了十多天，我竟能用手触摸它的羽毛了。"它或许是一只丧失了伴侣的没有儿女的猫头鹰吧，不然怎么来跟我这个寂寞难耐的人做伴呢？"我有时把它抱在怀里，用手梳理它那柔软的羽毛。它翅膀毛的表面布满了密密的绒毛，而且羽毛的前缘都长着梳子一般的细齿。我想，它飞行时翅膀产生的噪声，是否都被这细齿和绒毛之间的空隙吸收了呢？不然它在飞行时怎么能无声无息呢？后来看到一本科普书才知道，这些绒毛和细齿正具有消声的作用。科学家们也正是模仿了猫头鹰的翅膀给飞机的翅膀装上一些翼片，才使飞机起飞和降落时减少了不少噪声。从这个意义上说，猫头鹰还是人类的老师哩。就这样，猫头鹰每晚都要到我宿舍待上一会儿，有时几分钟，有时十几分钟，最长的一次竟达一个小时。自从猫头鹰跟我亲近起来后，那几间大木房里老鼠打架的声音减少了，我想一定是猫头鹰在呵护着我。有一次，我外出归来，已是鸡叫头遍了。我一路走一路想："今晚，那猫头鹰肯定见我没回来，早早地回去了吧。"可当我刚走到操坝，就见月光下我窗前的地上走动着一团黑影，原来竟是那只猫头鹰。

后来，我考上了大学，临走的前一夜，我抚摸着它的羽毛，把它贴在我的脸颊上摩挲了好一阵，并把我的心里话一股脑儿地向它倾诉了出来。我对它说："朋友，等我大学毕业后一定再来与你共守校园！"它像听懂了我的话似的，依依不舍地拍拍翅膀飞走了。

等到我大学毕业后去看它时，那间学校已搬迁了新的校址。我在附近的农家借宿了一夜，夜里又到原校址上站了几个小时，但终于未能见到我那位猫头鹰朋友。后来听人说，我走后不久，有一只猫头鹰大约是吃了被毒的老鼠，而死在了我那宿舍的窗前。很多年过去了，我一直对这件事有所怀疑，总希望不是真的。

人与自然究竟怎样才能协调得很好，这是很大很复杂的课题，我也说不清楚。可是我常常这样想，要是人能对树木少一些掠夺性的采伐，对鸟兽少一些虐待，这个世界恐怕会更加美好。

照苞谷

　　在我小时候，满坡满岭的苞谷地都是生产队的。我们那里的惯例是，从苞谷"蔫须"起，每晚都要由两家人各派一人上山，共同看管一匹坡的苞谷，以防野物糟蹋和贼人偷盗。坡上用树枝、茅草搭一个窝棚，这个窝棚很小，连那个用木棒搭成的所谓的床也是跟它连成一体的。窝棚没有门，是背山面谷敞着的。窝棚前，两个木头三脚架上横一段一米左右长的粗圆木，是为木鼓。这是用来在夜间擂响吓走野物的。

　　那晚，轮到我家和表叔公家照看河对门那匹坡上的苞谷地。我父亲却有要事外出了，我这个年仅九岁的小男子汉便大着胆子挑起了这副重担。

　　傍晚时分，我怀揣火柴，用稀眼背篼背着一领蓑衣和一床毯子上了山。从我家到山上的窝棚处，直线距离倒不很远，可弯来拐去将近要走30分钟的上坡路。到了窝棚处，见表叔公还没有来，我就害怕了，心里像揣了只兔子"突突"地跳得厉害。我将蓑衣、毯子放到床上，把头晚别人烧剩的柴蔸子架在一起，抓把干草引燃了火，烧些烟来熏那些乱飞乱撞的尖嘴蚊。这时候，天已黑尽了，但月亮却老躲在黑云后面不露脸，我点亮一盏小油灯，拾起敲"鼓"的木棒，在那截木头上"咚咚咚"地敲起来——敲那木头一是壮胆；二是让队里的人们知道，我家照苞谷的人是到了位的；三是吓唬野物也是很必要的，我既怕它们糟蹋苞谷，又怕它们跑来向我开战。

敲完木头，表叔公还没有来，我只得躺在那硌得人浑身生疼的所谓床上，借着那如豆的油灯，听着虫子们的鸣叫。望着黑乎乎的窝棚顶和窝棚前的苞谷林，总感觉有头庞然大物正张着黑黑的血盆大口朝我扑来一般。一阵风吹来，苞谷林发出"哗哗啦啦"的响声，极像夜行的凶兽穿林而来，更是吓得我动都不敢动一下，心里直骂那该死的表叔公：怎么这半天了还不来呢！

月亮一会儿穿出云层，一会儿又钻入云层。也不知过了多少时候，反正山下人家的灯都渐渐地熄了。为了壮胆，也为了"通知"表叔公早点上山，我已擂过十多次木头了。

天空的黑云越聚越厚，月亮也好半天没有露脸了。这时候，苞谷林边上的树林子里传来一阵"孤——寡——孤——寡"的怪叫声，我听村里人说过，知道那是夜娃子（鬼）的叫声，说是夜娃子一叫，寨子里便要死人，顿时吓得我浑身汗毛都倒竖起来。过了好多年我才知道，那是鬼灯哥（猫头鹰）在捕捉老鼠哩。远处的天空一亮一亮地打起了闪，"隆隆"的闷雷声隐隐传来。闪电越来越刺眼，雷声越来越震耳。过了一会儿，大滴大滴的雨点就在苞谷叶子上密密地打出响声来。忽然，一道闪电撕裂长空，将窝棚的里里外外都照得一片惨白，紧接着一声炸雷仿佛就在丈把高的头上炸响，震得窝棚也摇晃起来。我平时是并不怕打雷的，这时也只得用手指塞紧耳朵，把头藏进毯子里躲着，浑身上下直打战。这样的雷打了好一阵，雨也下了好一阵，才渐渐停息下来。我的油灯早就被风吹熄了，毯子也因漏雨打湿了半截。想是山水发了，"哗哗"的流水声又传进了我那刚刚开塞的耳朵里。

经过了这一阵雷雨的考验，我的胆子倒大起来，恐惧感也不似先前那样强烈，并不十分盼着表叔公能来跟我作伴了。

乌云散去，天空中布满了星星，那轮上弦月也移到了西天。我站在窝棚前，再一次擂响了那段木头。这时，远远近近的公鸡已开始打鸣了。

爬树乐

我十四岁以前生活在乡村，那时我是个爬树能手。

爬果树最有趣，有吃有玩，骑在树枝上慢慢吃着酸溜溜或甜津津的果子，那种风光简直要馋死那些不会爬树的人。但我们那儿除了核桃、板栗树高些外（到我能爬树时，我们那儿的核桃、板栗树全都变成了树桩），像李子、杨梅、花红之类都不很高，不难爬，刺激度远远没有爬山坡上那些参天大树来得大。

松树是较难爬的，它的枝丫像车辐一般，一出现就是一轮，这一轮与上一轮之间的距离，有时有两米多。不要小看这短短的两米多，爬起来可费劲啦，较上部树干上的表皮最易脱落，你刚把身子贴上去，它就把表皮脱个精光，脱落之后的树干像打了蜡一样溜滑，真叫你寸步难上。幸而乡村孩子的肚囊皮和手臂皮都不那么娇贵，虽被擦得火辣辣的，有时还冒点血珠珠，但过一会儿就没事啦。

记得有一次，我们几个小伙伴一起上山去修松枝做柴时，我最先爬上一棵大松树。下部的老树部分，我是只用两脚和两手，像杂技演员爬竹竿一样爬上去的；上部的"车辐"处虽费了不少劲，但毕竟我第一个攀上顶端。那份得意溢于言表，昂起头感叹一声："唉，总算爬到了！"

心里非常得意。而恰在我志得意满，准备从裤腰带上取下砍刀修松枝时，刀却"当"一声掉下树去了，同伴们见我触了霉头，一个个野笑起来。我心里好不耐烦，但无奈只得下树来捡了砍刀再往上爬。

枫树虽不像松树那般脱皮，但一般都很高，若是被人修过枝的，那光光的树干就有六七层楼房那么高，爬起来很消耗体力，但爬上去后，一人雄踞树顶，看着山下村子的袅袅炊烟，那种居高临下的满足感也常能令人陶醉。但这种树一般都是单生，极少群聚，所以那种乐趣很难与同伴们共享。

在一条新开的沟渠边，有一堆鳄齿一般狰狞的乱石头，乱石中生长着一棵高大的枫树，我很早就想爬它一爬。大人们总告诫说："那棵树不要去爬，下面全是乱石，危险！"正因如此，我的好胜心才更激励我非爬上那棵树不可。爬呀爬呀，大约费了半个小时，好不容易爬上了顶端。我取下砍刀开始修枝，一棵棵枫树枝降落伞一般向地上落去，我遐想着骑在树枝上一起降落的风采。

修第四根树枝时，脚下饭碗般粗的一棵枯枝突然"咔嚓"一声，齐根儿断落了。猛然间我两脚悬空，人往下掉，眼见一场惨祸就要发生。幸而我还机灵，双臂条件反射般一合抱，抱住了树身，惨祸避免了。我下滑了两尺多，肚囊皮和手臂皮都被粗糙的树皮刮出了十多道血槽。周身都吓出了鸡皮疙瘩，砍刀也掉到了地上。打那以后，我才知道了枫树上的枯枝是踩不得的。我抱住树干，让脚踩上一棵生树枝后歇了歇，滑下树来，捡了砍刀，抬头望了望那耸入云端的大枫树，心里哼一句："我非征服你不可！"于是又向高处爬去，修下了那些剩余的树枝。

我已有很多年没有好好地爬一次树了，回想起那艰险、刺激的爬树乐趣，心里还时时升起许多美丽的感觉。

钓鱼乐

　　一条清澈而弯曲的河流将我们家所在的村子分成了两半。这条河或浅急，或深缓，倒映着两岸的青山绿树，孕育着数不清的大鱼小鱼，是我们小时候游泳和钓鱼的最好去处。有人曾在这条河里捉到过50多斤重的大鱼哩。我们在很小的时候就开始下河钓鱼，不为别的，就图个好玩儿。大家的工具都很简单，赶场天花几分角把钱买来鱼线和鱼钩，剪一截高粱桔作浮子，一块牙膏皮裹紧作沉水，再随便砍一根称手的竹竿作鱼竿，便做成了钓鱼的工具。我们用的都是手竿，没人用车竿，因为车竿上的钓车既难做，使用方法又不易掌握，用起来讲究太多，反倒束手束脚。

　　我们的钓饵主要是蚯蚓、小虾或青虫几种。蚯蚓到处都有，只要用锄头向肥地里一挖，一会儿就可以选不大不小不老不嫩正合适的捉来好多好多条，装在什么破罐子破盒子里就成了钓饵。虾生在水井里或河边的水草里，用筷筷撮几撮，就可以捉到百儿八十只。青虫要难找一些，它生在河水中的卵石底下，要下到河中去一块块地翻开卵石才能获得，所以用青虫做钓饵的人并不多，或偶尔在河边用完了其他鱼饵才顺便找几条来救急。我用得最多的是蚯蚓，蚯蚓较有韧性，不像虾那么易脆，也不像青虫那样甩得几竿就流干了体液剩下一张皮。

我们在钓鱼时，总是想入非非，脑瓜儿中常爱幻化出钓到了大鱼的情景，但钓来钓去总钓不到大鱼。小孩子是耐不住性子的，往往不等浮子动就扯竿，那当然扯起来的就只有空竿一根。有时候钓了半天，鱼没钓上来，鱼线却不知何时被螃蟹给剪断了，真让人十分恼火。最背时的是鱼钩钩到了石头缝里或树桩上，左扯右扯扯不上来，最后断在了河里。有时甩竿，鱼钩又钩在了身后的树枝上。当然，这样的钓鱼工具和钓鱼技术是绝对钓不了大鱼的。即或瞎猫碰上死耗子，真有大鱼咬钩了，也无法扯上岸来。

有一回，有人教了我一个钓大鳖的方法，说是头夜用较粗的麻线拴一颗大钩，在钩上穿上螺蛳肉，捆上沉水丢到河里，将线头拴在河边的小树上，第二天早上便能取到大鳖了。我于是缠着母亲给我搓了麻线，缠着父亲给我买来大钩，开始了钓大鳖的特别行动。我曾在多次看见过大鳖出没的地方钓了几个晚上，可不是丢了钩，就是丢了钩上的螺蛳肉，连个鳖影子也没有见着。

又有一回，一位老人摆了个故事给我听，我对故事中那个会念咒语使鱼儿上钩的钓者崇拜得不得了，缠着讲故事的老人把那个咒语教给了我。老人说，你只要每天早上念七遍，念七七四十九天，就灵了。钓鱼时，摘一片树叶，用手指在树叶上凭空写上咒语，然后把树叶压在石头下就开始钓鱼。将钓上来的第一条鱼咬掉尾巴放回河里继续钓，直到没尾巴的那条鱼第二次被钓上来，说明这里已经没鱼了，要换个地方再钓。"念动天上天上昏，念动地上地上昏，念动河中龙翻身。天昏昏，地昏昏，只昏神鬼不昏鱼。天上雷公吼，地上龙王走，要得鱼儿来，辰巳午未丑。"念咒语成了我每天必修的功课和不能与外人道的秘密。我很虔诚地照老人教的方法做了，但却没一回是灵验的，咬掉了尾巴的鱼也没有被第二次钓起来过。但我只怪自己心不诚，却绝没有怀疑过那咒语潜在的魔力。甚至幻想着凭借咒语的魔力，我一定能成为一个钓鱼大王。

在钓鱼的过程中，我也曾做过两次"掩耳盗铃"的事情。一次是我正独个儿在河边钓鱼时，上游有人炸鱼了，过了不久，一条很大的鲤鱼肚皮朝天仰躺着被水冲了来，我赶忙脱了衣裤跳下河去抱起了这条鱼，回家后谎称是我钓的，父亲用秤一称，足有三斤重，于是很博得了一回家人带着疑问的称赞。还有一次，也是我独个儿在河边钓鱼时，来了一伙用电电鱼的人，等他们从上游向下游电过去后，我下到河里往乱石头底下一摸，嗬，那儿还有不少被电击昏了的鱼儿哩。这是一种我们叫做油鱼棒的鱼，身体又圆又长，嘴巴很小，肉很多，每条三两左右，我一下子摸了三十多条。回家说我"钓"了这么多鱼，家里人简直"惊呆"了。虽然我对炸鱼、电鱼的作为很不耻，但就是这我所不耻的作为，使我有了这两次"壮举"，也使我在同伴们中间自然成了英雄人物。

我们钓鱼有两种钓法：一是浮水钓法，鱼线上不加或只加很小很小一块牙膏皮做的沉水，让鱼饵半浮在水中，这是为了钓小小的白鲦鱼，这种鱼确实很小，最长的也不足三寸，钓这种鱼我们称为"耍参儿"。"参儿"是方言，读成"参加"那个"参"的儿化音，就是很小的意思。钓这种"参儿"时要在水浅流急的滩上下钩才易钓到；二是挂上沉水在较为深缓的地方钓，这种钓法钓上来的多为一种我们叫做刺疙疤的鱼，这种鱼的背上和腮两侧各有一根长而锋利的刺，钓上来取鱼时，稍不注意，就容易被刺把手刺伤，被刺疙疤刺伤了要火辣辣地痛好一阵，刺疙疤吞饵吞得很猛，往往把饵和钩整个儿吞到肚子里，连钩都很难取出来，甚至要剖腹。

从学钓鱼起到初中毕业离开家乡时，我钓得"很"爽的只有两次。一次是涨水后钓浑水鱼。那是一个将雨未雨，光线很暗的夜晚，天黑了没多久，我摸黑下钩，凭手感扯竿，竟一连钓上来十多条一二两重的"大"刺疙疤。后来鱼不上钩了，我又换一个地方下钩，钩刚下水就有鱼抢吃鱼饵了，手感很沉，我急忙一扯竿，一条白晃晃的"大"鱼被扯到了岸边草地上，鱼自己脱了钩在草地上弹跳着，我丢了竿扑过去，欣喜若狂地抓起这条鱼。这是一条我从未见过的全身淌着白浆的"大"鱼，大约有四五两重，是我学钓鱼七八年来钓到的最大的鱼。还有一次是我读初三时，因为十年浩劫刚刚结束，为了补回耽误的时间，所以学习任务特重，考虑到劳逸结合，我每天放学吃了晚饭后总要钓上几十分钟的鱼，然后步行两公里到学校上夜课。那是一个有着火辣辣太阳的下午，我用浮钓法在一处浅但不很急的地方下钩，很快鱼就上钩了，而且是一种全身有着七彩斑纹的美丽的鱼，因为它的彩色斑纹很像蓝天上缀着的火烧云，所以我们村里的人都叫它烧火佬。那天不到四十分钟的时间，我就钓上来三十多条每条四五寸长的这种味道十分鲜美的七彩鱼。当时的高兴劲儿真没法形容，只记得临时改了《读书郎》那首歌的词儿唱了起来："钓呀嘛钓鱼郎，扛着鱼竿钓鱼忙，不怕太阳晒，也不怕风雨狂，只盼那鱼儿快上钩嘛，没有鱼儿鱼郎好心慌。"当时只遗憾要去上夜课，不能钓个尽兴。这两次很爽的钓鱼，我一直以为是我那咒语起的作用哩，于是心里十分得意。但想不通的是，这两次我都没在石块底下压带了咒语的树叶。

钓鱼，使我的童年快乐无劳，也使我增长了许多知识和灵气，甚至在今天回想起来，还常常使我忘却了许多因生活的波折带来的烦恼哩。

绿房子

有一座好大好大的城市，城市里有好多好多高楼大厦，高楼大厦里住着一个顶乖顶乖的小男孩。这是一个顶爱幻想顶爱幻想的小男孩，他的小脑瓜儿就像童话里的魔袋，那里面装的幻想多得不得了，多得他自己也不知道究竟有多少。他曾经幻想自己变成了一条龙，跟海里的鱼们比赛游泳，得了冠军，跟天上的鸟们比赛飞行也得了冠军；也曾幻想自己变成了一个巨人，把月亮当足球踢，你知道月全食是怎么回事吗，小男孩说，那是他把月亮踢进了球门儿。

有一天，小男孩去到了很远很远的乡下。

"啊，多好啊，到处山清水秀，鸟语花香，比天上的蟠桃园还要美哩！"

小男孩尽量搜寻出脑子中的词儿赞美着。他已经深深地爱上了这个美丽的山村。

既然是美丽的山村，小男孩当然就有了美丽的幻想。他那美丽的幻想太神奇了，他幻想着人们住的房子全都是活着的树呀草呀组成的，是些很有情趣的绿色房子。绿房子的墙壁上开着绿色的门窗，门窗上零星地点缀着一些红的、黄的、紫的花朵，冬天暖和，夏天凉爽，呼吸的空气清洁得像亿万年积雪不化的冰山上的洞中渗出的岩隙水，冰凉冰凉的。住在绿房子里真是舒服极了。但幻想总归是幻想，地球上并没有真正的绿色房子。小男孩于是想要自己造一座绿房子。

小男孩随他的小表哥吆着牛来到山上，山上有许许多多绿色的树。下雨了，躲到树下，雨淋不着；天晴了，躲到树下，太阳晒不着。啊，这不就是一座又一座的绿房子吗？那些绿色的树冠不是像绿房子的盖吗？小男孩想。可惜这些绿房子并不完美，没有墙，没有门，也没有窗户……

小男孩于是邀了小表哥，在山上选了个秘密的地方，挖来些小树，依照建房的规矩栽了，并把小树们的枝叶编成了墙和墙上的门窗。编完门窗，小男孩嘴里念念有词地说："快快长吧，快快长吧，长成一座美丽的绿房子吧。"念完，又拉着小表哥钻进这间还没有长大的"小屋子"里，躺在用松针铺成的小床上，甜甜地进入了梦乡。小男孩梦见他的绿房子已经长成了：房顶上尽是鸟窝，有长着美丽长睫毛的犀鸟的窝，有戴着一顶漂亮大帽子的太平鸟的窝，有爱与人比美的绿孔雀的窝，有戴着金黄色羽冠的红腹锦鸡的窝，有森林医生啄木鸟的窝……好多好多的鸟窝，数都数不清。鸟儿们的合唱既清脆又婉转，真是优美极了，连天上的云朵、小溪中的水都停下脚步来欣赏哩。在绿房子的房前房后，有许许多多的小动物们在做游戏：有白兔、松鼠、小花猫、小灰鼠在表演拔萝卜的游戏；有小猕猴、小指猴、大狐猴、秃猴、金丝猴等猴类在表演爬树的游戏；有小象在表演喷水的游戏……真是热闹得不得了。小男孩和他的小表哥从绿房子里端出好多好多野果子、山野菜、野蘑菇来招待他们的好朋友们。"啊，住在绿房子里真是太好了！"小男孩心里说。

唉，可是当小男孩一觉醒来的时候，发觉绿房子并没有长成。

于是小男孩天天跟小表哥一起上山去看他的绿房子，天天给他的绿房子浇水，天天祈祷着他的绿房子快快长大。

　　夏去秋来，小男孩的绿房子开始落叶了。过了没多久，绿房子的绿叶都落光了。看着空空荡荡的房架架，小男孩咬着嘴唇，不让眼泪掉下来。"它会长成绿房子的，它会长成绿房子的。"小男孩念叨着这句话依依不舍地返回城里去了。

　　回到城里的小男孩常常望着灰不拉叽的砖砌楼房割成碎块块的灰色天空发愣，还常常在梦里梦见他的绿房子。

　　"绿房子，我的绿房子啊，你长成了吗？"常常念着这句话的小男孩渐渐长大了，进了初中，又进了高中。高中毕业考大学了，他填报的志愿是生态建筑专业。他说，他一定要造出绿房子来。

男孩与枪

你知道枪的威力有多大吗？曾经有个爱幻想的男孩说，很久很久以前的那个大男人能用箭射落九个太阳，假如我有枪的话，一百个太阳，不，一万个太阳也能射落！那个男孩还说，你知道什么叫流星吗？那准是被真正的枪射落的星星。于是，男孩便日思夜想地想拥有一支枪。枪，成了男孩全部幻想的核心。可那时候男孩住在偏远的乡下，连玩具枪都难得见到。

有一回，当木匠的表叔来男孩家玩，男孩便缠着表叔要一支木头手枪。表叔被缠得无奈，只好找来块木板给男孩锯了一把。男孩爱这把木头手枪爱得要命，还用爷爷漆棺材的生漆漆了又漆，弄得黑亮黑亮的，就像把真枪一样，可爱极了。然后往裤腰带上一别，背着手昂着头在院坝里迈着"军人"的步子走来走去，惹得他妹妹和寨里的伙伴们一个个眼睛红得像火炭一样，口水流成了瀑布也不知道。"啪——叭勾！啪——叭勾！"男孩常常睁一只眼闭一只眼地向他认定的目标——一截树桩、一块石头、一个稻草人……

不，那些在他眼里全是十恶不赦的侵略者或江洋大盗——射击。

"哎，要是它们能倒下就好了。"男孩"枪毙"了那些坏蛋后叹着气说。于是，木头手枪渐渐地不适应于男孩渐渐长大的心了。"我要重新造一把枪！"男孩说。男孩于是砍来一个树杈，装上用铁丝制成的扳机和撞针，用向当兵的叔叔要的一个子弹壳做枪管，做成了一支能打响的纸火枪。街上卖的纸火是把少量火药封在纸里做成的，一分钱好几颗。把纸火安在子弹壳的后座处，一扣扳机，撞针在橡皮筋的拉动下撞向纸火，便会响起"啪"的一声脆响，并升起一丝青烟来。那青烟带着一股火药味，男孩闻着喷香喷香的，贪婪地往鼻孔里吸。伙伴们的眼珠比男孩拥有黑亮的木头手枪时更红，红得像被鼓风机吹旺的炉火。

后来，男孩又用汤圆粗细的竹筒做成了能把水射好几米远的水枪，用手指粗细的竹管制成的能把小纸团射几米远的纸枪……

许多年后，小男孩已成了著名的枪械专家，他常常说的一句话是：感谢幻想！

打疙蔸

　　我上世纪六十年代出生在黔北一个穷山村里，小学时每个寒假打疙蔸的情景最令我难忘。

　　那时我八九岁，每天早晨都得从暖暖的被窝里爬起来，背上背篓，带上锄头和斧头，到冰天雪地的山上去打疙蔸。

　　疙蔸是树被砍走后留下的树墩子。打疙蔸就是把废弃的树墩子从土里掘出来弄回家烧火取暖。

　　山上太冷，得使出吃奶的力气干起来，身上才会暖和一些，不然会被冻僵。

　　我从小性格倔强，对容易打出来的小疙蔸往往不屑一顾，总是向大树墩子进攻。大疙蔸的根很粗，埋得深，伸得远，要把这样的疙蔸掘出来很不容易，得有愚公精神，连续战斗多天才能成功。

　　我总是先用锄头挖出一条根，再用斧头把它砍断，并掘出来砍成一截一截背回家，然后挖出第二条根，又砍断……如此进行下去。有些树会有向深处直下的座根，这种根最难对付，要挖得很深才能使它显露出来，用斧头砍时也会受到空间限制，很不好操作，得费很大功夫，流许多汗水才能征服它。

冰天雪地中的山路十分溜滑，背着沉重的疙蔸根回家，行走艰难，汗水会像瀑布一样从脸上洒下来。

一只大疙蔸没有三五天甚至十天半月征服不了。而一旦将它掘出来，总会有一种令人兴奋的成就感。然后可以骄傲地请父亲邀几个人去把它抬回来拱在火塘中烧好多个夜晚，一家人或来几个邻居都可以围在火炉边，南山北海地聊天到深夜，遇上除夕夜，还可以围着疙蔸火守岁到天明。

那时，我们的小手和小脚上总有许多冻伤的血口子，冻僵时在火上一烤或伸到热水里一烫，会疼得眼泪直流。

这样的寒假生活，使我练出了战胜困难的勇气。

前几天我过生日，桌上添了盘鳝鱼，品着香喷喷的鳝鱼肉，我却品出了记忆的酸涩。

在我八九岁时，听说离我们村子十多里远的一家大医院的医生护士们都是上海来的，喜欢吃鳝鱼，捉了鳝鱼在那家医院的门前一摆，是能卖到钱的。于是，我和小伙伴有发一商量，便决定去捉鳝鱼卖。那时候是大集体，村里人都很穷，若能捉鳝鱼换些零花钱，当然是件大好事。我们凭着天真幻想着大把大把的钞票往衣袋里揣，然后买来了好多小人书。

有发和我说干就干，星期天一大早，我们便背着笆篓去捅鳝鱼了。鳝鱼爱在田坎边打洞，我们找到鳝鱼洞后，就撅着屁股爬在田坎上，将食指对着洞口，沿着洞道捅进去，如果那不是一个空洞，就会出现几种情况：要么是鳝鱼从什么地方钻出来逃跑，我们下田去追捉；要么是在洞中摸着了鳝鱼，就势将它抓住，拖出洞来，不过抓时要得法，因为鳝鱼很溜滑，力气又大，稍不注意就会被它跑掉。端午过后的鳝鱼仿佛长了牙，你捅进洞去的手指往往被它咬着，痛得你抽出手来乱甩，有时候会把吊在你手指上的鳝鱼甩出去老远，最可怕的是洞里住的不是鳝鱼而是水蛇，有一回我在捅鳝鱼时就捅出来一条水蛇，花花的身子，长长的舌头，吓得我的心颤抖了好半天，直到天黑后回家，人还无精打采，外婆见了我那副模样，硬说我掉了魂，牵了我的手来到大路边，要把魂给我喊回来。"鸡吓着狗吓着，都回家来栖身啰……"那悠长的喊魂声至今还响在我的记忆里。

捅鳝鱼的季节是在插秧后不久，你下田捉鳝鱼踩坏了稻秧，捅鳝鱼捅坏了田坎，都是要被大人骂的。捉了几天，鳝鱼没捉到几条，被骂的次数却很多，心里憋着气，就想着改到夜间去捉。

大多数的鳝鱼夜间都是要出洞的，于是我们便用竹片做了鳝鱼夹，天黑后背了笆篓，举着火把，打着两片赤脚就出发去捉鳝鱼了。我们沿着一条条的田坎走着，光脚板与草叶擦出窸窸窣窣的声音。"不是毒蛇不打雾，不是猛龙不过江。"夜里起雾的时候我总想着这句话，想起这句话时，光脚板总痒痒的，仿佛真有毒蛇袭来，可为了捉鳝鱼卖钱买小人书，蛇的威胁又仿佛降到了次要地位。天黑不久出来的鳝鱼都是些不大的鳝鱼，捉起来不过瘾，而大鳝鱼又往往要很夜深了才出来，叫人等得不耐烦。

捉了好些天，我们终于捉了有四五斤鳝鱼了，我们把鳝鱼养在我家洗脚盆里，我家的洗脚盆又放在我家门口的一块水田边。有一天，有两条狗打起架来，碰倒了洗脚盆，一盆鳝鱼全跑到水田里去了，我们慌忙顶着大人的骂去捉，捉了半天，踩坏了不少秧子，也只捉回不到原来一半的鳝鱼，气得眼泪都差点掉了下来，把那两条打架的狗骂了个狗血淋头。

再养下去恐怕还要出问题，不如先把它们卖了吧。我和有发于是便把这些鳝鱼和捉来的一些螺蛳放在一起，用笆篓装了背到那家大医院的门口去卖。

起先，许多穿白大褂的人围过来看，但问价的却很少，偶尔有人问鳝鱼多少钱一斤，我们说五角，问者便操着一口叫人听不懂的上海话走了；有人问螺蛳多少钱一斤，我们说两角，那情形跟问鳝鱼的一样。过了一些时候，连问价的都没有了，尽管我们已打算把鳝鱼降到1角钱一斤，把螺蛳降到五分一斤，可还是没人问价。已经下午了，我们的肚子早已饿得"咕咕"直叫了，天又下起了雷阵雨。我们一斤鳝鱼一斤螺蛳也没有卖掉，原先大把钞票、大堆小人书的幻想全破灭了。雷阵雨过后，天空挂上了彩虹，但那彩虹是那样的虚幻和遥远。看看天色也晚，我们愤怒地将所有的螺蛳倒在医院的大门口，背了鳝鱼就起步回家。

回到家后，我们将鳝鱼送给了一位我叫他表叔公的孤老人，表叔公把鳝鱼炒熟了，叫我们也去吃了一顿，表叔公说味道很好，但我吃到嘴里却总感觉有些苦涩，问有发，他也说有些苦涩。从此，我再也没有捉过鳝鱼了。

如今的有发不知怎么竟成了养鳝大王，连省报上都发了消息，我过生日吃的那盘鳝鱼肉，就是他送的，那味道一点也不苦涩，香喷喷的，好极了。

棋趣

随便用什么——石块、小木炭、柴棍等——在地上或石板上画一个中间少一横的"用"字，再在这个"字"的三只脚上各画一个小圈儿，这便是牛奶子棋的棋盘。你瞧，那三只小圈儿不就是牛妈妈肚皮下的奶子么。我们小时候就经常下这种饶有趣味的牛奶子棋。

两个小伙伴或爬着，或跪着，或盘膝坐着就开始捉对儿厮杀起来。我们的棋子是随便捡来的石子或掐来的草茎、木棍儿。一人三颗棋子，各占着边儿上牛奶子上方的三个交点。如果哪一方的棋子被对方全部赶到了牛奶子里"关"起来，便是输了。别看这种棋棋盘简单，棋子也少，但真要下好可不容易，要成为下这种棋的高手还非得有聪明的大脑和丰富的经验才行。毫不谦虚地说，我就是下牛奶子棋的绝对高手，在我的记忆中绝少有输的时候。当然我这高手是迷出来的，迷的时间长了，迷出了几个绝招儿，便成了高手。其实当高手并不好，常常要为卫冕而烦恼。

除了牛奶子棋，我们还玩其他几种棋。

画一块四乘以四的正方形网格，并画上对角线，再在其中一个边的中点画一个带对角线的菱形，使菱形的一只角与那个边上的中点线相连，便成了和尚棋的棋盘。这个菱形便是"和尚"的"庙宇"。摆棋时，一方执一子充当"和尚"居于菱形对角线交叉的位置，另一方赶十六只"兔子"占据方框边上的十六个交叉点。下棋规则是：第一步是"和尚"出"庙"下山，"和尚"只要钻进一条直线上的两只"兔子"之间的一个空位上，那么这两只"兔子"便算被"和尚"吃掉了，而如果"和尚"无隙可乘，反而被困死或赶回"庙宇"中，便是"和尚"一方败了。

"和尚"棋还可以变出另外一种棋来，即是不要"和尚"和"庙宇"，而是交战双方各执五子占据一边，然后开始厮杀，全依直线，一方两子夹着了对方一子便将对方那子吃掉了，一方两子中若有空隙被对方一子所乘，其两子也算是被吃掉了。这种棋我们把它叫五子棋。

还有一种叫三子棋，下这种棋称为"喊三"。三子棋的棋盘是这样的，以大中小三个同心正方形框为纬，以连接三个正方形对应角的线和连接各个正方形每条边上的中点的线为经，这样构成的图形每条直线上都有三个交点。下这种棋有点像下围棋，一方一子地轮流摆放，谁家先在一条线上摆上了三颗子便称为"喊"了一"三"，"喊"了一"三"就要相应地用自己的子架在对方你认为对你威胁最大的一颗子上，等到摆满所有交点后，提取掉被对方架掉的子，然后执子依直线在空出的交点中走动，以能"喊三"为目的，这时只要"喊"一"三"便提掉对方一子，直到一方的子被提光便判出了输赢。

下这几种棋是我们常玩的游戏，也是我们自我开发智力的手段。所以不管是干放牛、打柴、割草、打猪草等活儿，只要一有机会碰面，总要坐下来厮杀，常常杀得难分难解，直至天昏地暗，日月无光。不知不觉几个小时过去了，等到家人长声武气地喊吃饭或喊收工时，我们才发觉该干的事还没有干或没有干好——放牛的往往放跑了牛，鼻涕眼泪地到处找，打柴、割草、割猪草的背篼里还是空空的，这时候便匆匆忙忙地打些柴禾，割些牛草或猪草，松松的"抛"在背篼里，做些猫盖屎的把戏背回家去糊弄大人。大人其实并不好糊弄，他们对我们的秘密行动并不是一无所知，只不过遇到他们高兴时，总是装聋作哑地神秘一笑，遇到他们心里有疙瘩时，你得小心屁股上挨呲牛棍，小心你脑袋瓜上挨栗凿。不过这丝毫影响不了我们下棋的兴趣，仍然飞砂走石，兵来将往，仍然把吃"兔子"的野"和尚"赶回庙里去。

下这些棋不必带棋盘棋子，随便哪儿都可以就地取材，大人也不能没收我们的"作案"工具，拿我们实在没有办法。

虫趣

"逗虫虫儿,咬手手儿,咕噜咕噜飞,飞到对门去吃灰,对门捡个宝宝蛋,拿给幺儿下早饭。"这首童谣浸润着我的童年,我的童年也在逗虫虫儿中获得了无尽的乐趣。

笋虫儿是一种非常美丽好玩的虫儿。夏天,当竹笋窜起几尺高后,就往往有笋虫儿爬在上面。笋虫儿大约有竖剖的半粒枣子那么大,焦黄焦黄,带些麻纹,闪着美丽的光泽。它的嘴巴像一根小铁钎,有半截火柴棍儿那么长,硬硬的,专插进竹笋去喝汁液,祸害竹笋。它的头很小,上面长了两只小而圆的眼睛和像奶娃儿脚一样的两只触角。头下面是一段金黄色的"坎肩",坎肩后面长着一对硬的鞘翅。鞘翅下面是一对金黄透明并折叠起来的膜翅。笋虫儿有六条腿,特别有力,关节处还长着向后的硬刺,捉它时如果不注意,会被硬刺扎出血来。

笋虫儿其实很好捉,发现它爬在笋子上,悄悄摸过去,伸出手从背后捏住它的身子,就能把它捉回来。捉回来后,用一根线拴住它的一条腿,捏住线一甩圆圈儿,它就会展开翅膀嗡嗡地飞起来。飞着时鞘翅是不动的，只有膜翅高速颤动着，闪着美丽的金光。翅膀拍击空气还能发出忽高忽低、婉转悠扬的音乐声——简直比仙女翩翩下凡的情景还要美妙。总之，那些吃奶的娃儿，饿极了正在哇哇大哭时，你只要用笋虫儿去逗他，他就会马上笑出声来，尽管脸上的泪珠还在往下滚着。

逗蝴蝶玩也是十分有趣的。

我们那里多的是爱在菜地里飞舞的一种白色蝴蝶，张开翅膀只有银圆大，有点儿傻乎乎的，不大怕人。我们在放学回家的路上或放牛上坡的时候，是最爱逗它玩的。

我们会用一根线穿上一张或几张蝴蝶大小的白纸片，系在一根小棍上，然后到有蝴蝶飞舞的地方一晃，便有蝴蝶以为是同伴来闹着玩了，立即追踪而来。接着就将有几只，甚至十几只蝴蝶不断加入进来。

我们不断地或左右或上下地摆动着我们的小棍，让我们的纸"蝴蝶"不停地上下翻飞，那些真蝴蝶们在纸蝴蝶的带领下，不知疲累，扑来扑去地追逐着。有时十几分钟，有时半小时，有时一小时，总之，只要你手中的小棍不停下来，蝴蝶们也是不会停下来的。最有趣的是在放学路上逗蝴蝶。我们几个或十几个伙伴各人引来一群蝴蝶，一边走一边摆动小棍逗它们，它们便会一群群地跟着我们飞，一里两里，甚至十里八里，它们也一样傻头傻脑地追逐着。

除了逗笋虫儿和蝴蝶外，我们还逗蜻蜓、蚂蚁、蟋蟀、螳螂等好多好多虫儿玩。

玩蚂蚁

小时候住在乡下，蚂蚁是我的玩物之一。蚂蚁是活物，有嘴有脚，有灵性，玩起来够味。

蚂蚁要吃东西是谁都知道的事情，我和小伙伴们于是就用虫子或其他东西来逗引蚂蚁。

起初我们只是把死虫子之类的东西放在蚂蚁队伍里，看蚂蚁成群结队地把它搬到洞里去，我们也边看边唱儿歌："黄蛳黄蛳蚂蚂，请你外公外婆来吃嘎嘎（gàgà儿语肉的意思），坐的坐的轿轿，骑的骑的马马。"后来觉得不过瘾，就换一种玩法。我们专把东西放在单个蚂蚁的眼前，这只蚂蚁弄不走这东西，定会去叫同伴，等它屁颠屁颠地跑回去，高高地抬起屁股，向同伴示意它找到了大宗食物，需要帮忙去搬，然后带着一群同伴来搬运时，我们却把那东西弄走，让它们找不着。我们以为别的蚂蚁会因为它谎报军情而惩罚它，然而这样的事情到底没有发生，而是转来转去也找不着时，就偃旗退兵。或许它们遇到这样的事也不是一次两次，因为它们吃得的东西，别人也能吃，有时候就连它们自己还要被别人吃掉哩。

蚂蚁喜欢吃糖，这是我们小时候的一大发现。于是，我们便利用蚂蚁吃糖做起了文章。有时，我们会很慷慨地把很不容易才得到的一粒糖粘糊糊地从嘴巴里抠出来，放到蚂蚁队伍经过的路上，勤劳的蚂蚁们嗅出糖的香甜味儿后，定会争先恐后地去搬运，这样就会有许多蚂蚁被粘在糖上脱不了身，而别的蚂蚁又会把它们一块儿抬走。但我们往往不让它们抬走，而是把糖从蚂蚁堆里夺过来，放在一边看被粘住的蚂蚁张脚舞爪地挣扎的模样。后来，我读书了，就这事也学着写了一首儿歌："小糖块，掉地上，小蚂蚁，想尝尝。刚刚爬上去，脚儿被粘上：哎呀呀，我的娘！"

在以食物戏弄蚂蚁的同时，我们有时候还会做些断蚂蚁路、塞蚂蚁洞的恶作剧。蚂蚁路其实是很难断的，你给它弄断了，它一会儿又能连起来，旁若无人地继续进行它们的搬运工作。塞蚂蚁洞也难不倒它们，你今天给它塞了，明天你再去看，就会发现地上会有一堆松松的细土，细土下面有一个新掘成的蚂蚁洞。

把蚂蚁放到水中玩是很有趣的。你可以把一只或几只蚂蚁放在水面上，这时候你能看到一种有趣的现象：水往往被蚂蚁们压成了凹坑，然而水皮儿却没有破，但如果蚂蚁们挣扎得几下，水皮儿是定然要破的，那样，不大会游泳的蚂蚁们便麻烦了，虽然一般不会下沉，但也只得六条腿儿乱踢乱蹬，惊恐万状地不知何处是岸。还可以在水里放一张树叶，再把蚂蚁捉来放到树叶上，这样你就可以看到蚂蚁面对茫茫"大海"，心急如焚的可爱模样。有一回，我在河边玩蚂蚁荡舟，我的一双眼睛紧盯着河面上的树叶漂漂荡荡，不提防脚下有个圆石头，踩上去一滚，扑通一声就摔下河去了，那里的河水有些深，一下子淹过了我的头顶，还不会游泳的我险些被淹死，幸而有位本家嫂子在河边洗衣服，赶忙伸过一根捶衣棒来，才把我拉了上来。

玩蚂蚁找家也挺逗乐。我们往往把一只蚂蚁从它的队伍中捉出来，放在离它的队伍不远的地方，让它去找它自己的队伍。有的蚂蚁鼻子灵，能闻到自己队伍的特殊气味，于是乎跟着嗅觉走，很快就可以归队。而有的蚂蚁鼻子不灵，眼睛不明，不会辨别方向，只能到处瞎闯，或南辕北辙，或东辕西辙，或西辕南辙，往往是越爬离队伍越远。待到爬了半天再返回来，队伍又已经全部过去了，只得沿着大部队留下的浓浓气味急急地向家里爬去。我们有时候看蚂蚁找家，会一看几小时，直到天黑了才回家。

我家那块光溜溜的院坝上，有许多比黄豆还小一些的又圆又光滑的竖洞，平时总能看到有个圆圆的长着一对大眼睛的脑袋把洞口堵着。我觉得很神秘，不知道是什么东西，很想搞清楚。无奈院坝是不能挖的，我只好用草棍捅进去钓，希望能钓上来看看到底是什么东西。但我钓了好多次，也没能钓上来一只那东西。只能看着满院坝的小圆洞和塞住小圆洞的圆脑袋发憋气。有一回，我干脆把满院坝的小圆洞全用泥土给封了，可第二天起来一看，满院坝的小圆洞又恢复了。可怜我守了这些圆洞洞好长时间，竟一次也没有见到过那东西的面目。于是我便很想解开这个谜，后来读书了，仍忘不了这件事，终于有一天，我读了一本关于昆虫的书，才明白那也是一种蚂蚁——扁头蚁。从此，关于扁头蚁的知识便在我的头脑里扎下了根。

地里的甘蔗长了螟虫真是很伤脑筋的事情，因为螟虫往往会钻到甘蔗茎里面去搞破坏活动，大人们喷了药也不起作用。后来大人们发现红蚂蚁能够钻进螟虫洞中去把螟虫拖出来吃掉，于是就叫我们去抓些红蚂蚁来放到蔗田里灭虫。我们先是用手把红蚂蚁抓到玻璃瓶里弄到甘蔗田里，但红蚂蚁不知道是把它们弄到好地方去，以为是要伤害它们，所以总是拼命地反抗，往往会钻到我们身上咬得我们好痛，有个小伙伴还曾闹出了一个大笑话，一只红蚂蚁钻进他的裤裆里狠狠地咬了一口，痛得他哭也不是，笑也不是。后来我们就想了个办法，趁红蚂蚁在雨季里常常从低处向高处搬家的机会，用一根上下有两节，节中钻了个小孔的细竹管，插在红蚂蚁搬家的路上，这样红蚂蚁就会成群结队地钻进管子里，然后我们用泥封住上面的孔洞，让红蚂蚁们在这新的营房里定居下来。过几天，我们再把这些装满红蚂蚁的管子插到蔗根处，红蚂蚁就这样在蔗园里安了家，并尽职尽责地去干着保护甘蔗园的工作。

有一次，我听说用樟脑丸在地上画一个圈可以圈住蚂蚁，便很想试一试。于是缠着父亲赶场时给我买回来几颗这种很臭的白丸子，——因为臭，所以我们叫它臭蛋——兴高采烈地找到几只黑蚂蚁，忍着臭气在地上画了一个圈，把那几只黑蚂蚁圈了进去。起初，那几只黑蚂蚁被熏得晕头转向，但很快它们便镇静下来，四处寻找薄弱环节，希望能顺利地冲出包围圈。可它们发现这个圈竟没有薄弱环节，浓浓的臭气组成了一堵无形的围墙。于是它们便聚拢来，互相碰碰头上的触角，似乎是在商量着脱困的办法。商量的结果似乎是决定冒死突围，于是它们个个勇敢地向那道无形的围墙冲去，一鼓劲便越墙而出了。这一次玩蚂蚁，使我对蚂蚁那种无畏的精神充满了敬佩之情。

自那以后，我不再对蚂蚁恶作剧，只是静静地看，善意地玩。

打柴的乐事

我的童年是在乡下度过的。乡下的孩子很小就要干许多活儿，也苦也累，但究竟天真，在苦累中也可以闹出许多乐事来。例如打柴，本是件很累的活儿，但我和我的伙伴们却照样玩得开心。

生在河边的孩子，游泳是第一乐事，我们能把打柴和游泳很好地结合起来。暑假时，我们吃过早饭后的主要活儿便是打柴。于是我们首先当着大人的面去竹林里割来一棵嫩竹，划成捆柴的篾条，煞有介事地圈成圈儿套在脖子上，标志要上山去打柴了，就像士兵整装待发一样。其实那是做给大人看的，私下里伙伴们便相约着下到河里游泳去了。在河里洗一阵，又到沙滩上晒一阵，如此五六次后，才极不情愿地穿好衣服上山打柴。有时游得兴起，几个小时不知不觉地过去了，待到家人长声武气地喊吃饭时才慌忙爬到岸边，胡乱地砍下几棵柴来，捆了扛回家去。家人若问砍了几回（捆）柴，便异口同声说："三回。扛一回回家，坡上还有两回。"其实呢，大人也搞不清楚我们的详情。我们中的一个伙伴说"三回"的次数多了，竟落得个"三回"的绰号。

打扑克也是我们爱玩的游戏。上得山来，我们的第一要务仿佛已经不是打柴而是打扑克。摆开战场就厮杀起来，直杀得天昏地暗。玩扑克比游泳更能使人忘掉时间，我们也往往要等到大人们收工吃晌午叫喊开来的时候，才疯一般砍起柴来。山上的柴比河岸边好砍，一会儿紧张过后，便会砍到两捆柴。然后为了争取时间，我们又往往将两捆柴搭在一起顺着斜坡拖下山，这样我们便可堂而皇之地说："今天砍了两捆柴，全部都扛回来了。"

在砍柴时我们还常爱玩一种"地雷战"游戏。拾些松果用树藤连起来，放到用柴刀掘出的沙坑里，然后盖好沙土。扮"八路"的头上戴一个草圈儿，牵了树藤躲到树丛里；扮"鬼子"的机械地迈着重重的步子寻来，刚到"地雷"处，"八路"便用力将树藤一拉，嘴里叫一声"轰"，漫天沙土飞起来，"鬼子"就倒地"死了"。这个游戏是我们看了电影《地雷战》后学来的。除了"地雷战"外，我们还发明了许许多多的游戏，我们玩起这些游戏来个个如痴如醉。

倘是没有伙伴，自个儿又极不愿打柴的时候，我们还会来一下"空城计"骗骗大人。我家的房屋是背山面河的，我上山打柴多从房后回来，大人们看不到我扛柴的影子，只能听到我将柴从肩上甩下与原来的柴碰出的响声。有一次，大人把我赶上山去打柴，那天我总不想打柴，一棵柴也未砍。玩了几个小时后，就下了山，快到家时，拾了块石头扛着，到原来的柴堆上用力一扔，"轰——嚓"一声响过，就大摇大摆地回到屋里，见了大人摸着肩头说："这捆柴太重了。"然后端起饭碗狼吞虎咽地吃起来。

打了几年柴，其间的乐事太多太多。每忆及此，仿佛又使人回到了那天真烂漫的童年一般。现在的家乡，早有了村规民约保护山林，再已不会有那种打柴的乐趣了。

第二辑

神钓杂说

赠友三题

吾友某，手握重权，下笔能批数万巨款，身边常是美女如云。吾恐其祸之将至，乃仿宋周敦颐之《爱莲说》、唐张说之《钱本草》、三国诸葛亮之《诫子书》，成《爱钱说》《权本草》《戒色书》三题，以赠吾友，盼吾友常阅之，谨行之，趋益避害，修成正果。

爱钱说

世间芸芸众生，爱钱者甚蕃，清之和珅尤典型。自有史来，滥聚者多丧命。吾闻春秋之子罕坚辞美玉，明海瑞有清名，廉洁自律，不贪不占，香远誉扬，铮铮有声，受称颂而名垂千古焉。钱之者，乃生存必须矣，太寡则有饥寒加身，盈则有灾祸随行。噫！钱之爱，适者鲜有闻：取有道，应拿捏分寸；聚之散之，但求平衡。

权本草

权，味甘，大热，易腐，偏能使人容光焕发。调息官欲，除无冤之患，立验。能利邦国，亦能坏社稷、殃平民。贪鄙者服之，以慎行为良；如不慎行，则利欲膨胀，令人猝死。其药，采无时，采之非法则致乱。服之正确，能抑奸佞，杀鬼气。如服之既腐，则有败纲坏纪之灾生；如服之既污，则有害民祸国之患至。施药者应察其道，不以为骄谓之德，取与为民谓之义，使无非分谓之礼，勤政廉政谓之仁，言出必行谓之信，广闻博识谓之智。有此七品乃施，方可国富民强，长治久安。若滥施其药，则隐患存焉，切须忌之。

诚色书

夫君子之道，修身为上，不得好色。若好色则必丧德，若好色则必失性。出行须戒色，行之则安。好色难以聚财，好色必生祸患。好色则多败其家，好色则多毁其业。好色丧志，再难进取，遂成庸夫，令人痛惜。好色人生，其臭难闻。

2010年

我自小喜欢螳螂这种虫儿。看见它那嫩绿色的体表，我就会不由自主地想起春天，想起"绿阴冉冉遍天涯"的春天的意境。

有一次我对螳螂产生了误解。我蹲在田坎边观察一只螳螂的活动，另一只螳螂飞来寻找它的新娘，但这一对新婚夫妇刚入洞房不久就出现了悲剧：新娘把新郎给活活吃掉了。我因此误解了螳螂，以为它们只不过是一类外表俊美而似有侠气，内心却十分狠毒的冷血杀手。但后来读了些书才明白，螳螂们其实是在为实现产下大量后代捉尽天下害虫的大志做自我牺牲。书上说：雌螳螂要产卵孵化后代，需要很多的营养，而光靠吃害虫远远不够，还要吃掉几只雄螳螂才够，而雄螳螂们却明知那是牺牲生命的事情，却义无反顾，而雌螳螂在产下可以孵出几百只小螳螂的卵后，也会立即精疲力尽地死去。螳螂们为了后代敢于舍身的精神真是太令人敬佩了。

《韩诗外传》卷八说："齐庄公出猎，有螳螂举足将搏其轮，问其御曰：'此何虫也？'御曰：'此所谓螳螂也，其为虫知进而不知退，不量力而轻就敌。'庄公曰：'以为人，必为天下勇士矣。'于是回车避之。"

此等勇气，与勇刺秦王的荆苛只有过之而无不及，因为它连"风潇潇兮易水寒"也不需要人为它唱。此等气概，还多有佐证。《说苑·正谏》有个"螳螂捕蝉，黄雀在后"的故事，是讽刺螳螂顾前不顾后的，但如果我们反过来看，又可看到螳螂为了实现自己的目标，置生死于度外，义无反顾的英雄气概。《聊斋志异》中有个《螳螂捕蛇》的故事，读后更让人对螳螂崇敬有加。故事说，有一个姓张的人，看见一条碗口粗的大蛇，在树丛中摔来摆去，扭曲弓张，反转颠扑，尾巴打在树上，把枝杆都折断了，原来是被一只小螳螂爬在了头顶上，用一对刺刀般锋利的前腿抓住脑袋不放。过了好大一阵，巨蛇额上的皮肉全破裂了，巨蛇当然也死去了。以螳螂之小，却战胜了强它几千上万倍的巨蛇，那种惊心动魄的场面，和螳螂视死如归的勇气直令人佩服得五体投地。

然而，读现实中的一个真实的螳螂的故事，却令人心情有些郁闷。故事说，在南非生长的螳螂，身躯巨大，凶猛异常，有时会攀缘到树上捕杀小鸟的幼雏，而那里的人们却喜欢捕捉螳螂来玩耍，他们用细绳拴住螳螂的脖子，用虱子饲养它，并把它叫做"食虱虫"。每当读到这里，我又暗暗在心里为螳螂们不能将勇气施于大自然，而被缚食虱，英雄无用武之地感到不平。每每还在心里祈祷，这种事情千万不要漫延开来，到处发生。

以螳螂之勇，反照自我，自己便渺小起来。

2000年

昔刘梦得《陋室铭》云："山不在高，有仙则名。"肥东浮槎山，主峰海拔仅四百余米，言高则过也，然包拯生于山下，葬于山下，欧阳修以名篇传世，有乳泉可饮，有巧石可赏，便"有仙则名"了。

浮槎即仙筏也。晋人张华《博物志》曰："天河与海通，近世有人居海渚者，年年八月，有浮槎去来，不失期。"元人王实甫《西厢记》云："滋洛阳千种花，润梁园万顷田，也曾泛浮槎到日月边。"足见浮槎山之名带有仙气。

传说晋代隆安间，地藏王金乔觉向表兄玉皇大帝讨官遭拒，恼羞成怒，不慎跌落人间，灰溜溜想乘浮槎再上九霄，玉皇遂将浮槎变成此山，使金乔觉再也无缘天界。玉皇之行为，使浮槎山有正气萦绕。

包拯生于浮槎山，葬于浮槎山，使此山亦具清廉公正之德范。"清心为治本，直道是身谋。秀干终成栋，精钢不作钩。仓充鼠雀喜，草尽狐兔愁。史册有遗训，毋遗来者羞。"包拯以诗明志，多少公仆游浮槎山并读此诗，俱能生出不畏强权、清廉为民之诚意。

欧阳修《浮槎山水记》曰："浮槎之水，发自李侯。嘉祐二年，李侯以镇东军留后出守庐州，因游金陵，登蒋山，饮其水。既又登浮槎，至其山，上有石池，涓涓可爱，盖羽所谓乳泉、石池漫流者也。饮之而甘，乃考图记，问于故老，得其事迹，因以其水遗余于京师。余报之曰：李侯可谓贤矣。"地方官李侯见浮槎山泉水甚佳，遂阅读图书资料、访问故老，得其事迹，知其为茶圣陆羽所说的乳泉及石池漫流，因而托人带一罐入京赠送好友欧阳修，欧阳修品尝后大加赞赏，并对李侯谦虚好学、结交贤士、为政勤敏之德操给予高度评价。

浮槎山"有仙则名"，游之，能增学识、能养正气、能致清廉、能练勤敏，渴盼天下公仆，趋之，登之，访之，思之。

2015年

　　《庄子·外物》中有一则关于钓鱼的寓言，说的是任国公子用五十头牛做钓饵，蹲在会稽山上，投竿东海，用整整一年时间，终于钓起一条吼声震惊千里之外的巨鱼，使得许多人纷纷奔到山沟小渠旁守候小鱼上钩的故事。庄子写这则寓言故事，目的是在讽刺眼光短浅、好发议论的浅薄之士，比喻治理世事的人必须立志才能大成。可见，钓鱼之理可通治国，若我们芸芸钓翁，均能效法任国公子，岂不是钓坛称奇，国家称幸。

　　《列子·汤问》载有神话传说：古代渤海的东面有五座山，常随波涛漂流，上帝命十五只巨鳌用头顶着山，才固定不动。"而龙伯之国有大人，举足不盈数步而暨五山之所。一钓而连六鳌……于是岱舆、员峤二山流于北极，沉入大海。"足见龙伯钓翁举止之豪迈，抱负之远大。于是，便有王严光、张祜、李白诸公自号"钓鳌客"，以示平生之志。赵德麟《候鲭录》卷六云："李白开元中谒宰相，封一版，上题曰：'海上钓鳌客李白。'相问曰：'先生临沧海，钓巨鳌，以何物为钓线？'白曰："以风浪逸其情，乾坤纵其志，以虹霓为丝，明月为钩。'又曰：'何物为饵？'曰：以天下无义气丈夫为饵。'时相悚然。"其豪气又非任国公子、龙伯钓翁之辈可及。

愿天下钓翁皆能扬李白之志，"以天下无义气丈夫为饵"，钓出一个空前文明的国度来。

1994年6月

登山的收获

　　我坚持早晨登山锻炼身体已经三年了。三年的登山历程，取得了很大收获。

　　长期伏案写作，缺少锻炼，总是人困马乏，头脑昏懵，不惑之年就有江郎才尽、此生休矣的感觉。夫人见我渐渐消沉，不是个事，就"逼迫"我早晨去登山。山道弯弯，草绿树青，百鸟啁啾，空气新鲜，视野开阔，能使你胸中的废气被新鲜空气取代，能使你的血液里充满氧分，能使你出汗排毒、心情舒畅、忘忧添乐。几天下来，就有效果，整日神清气爽。于是，除了下雨下雪外出有事，几乎是一天不拉地坚持下来。原来我的胃不好，多吃一点食物胃就会整宿疼痛；还有严重咽喉炎，常常"空空"咳嗽，即使夏天也摸不得冷水，晚上睡觉再热也得盖条大被子。登山后，现在胃好了，吃钢吞铁没事了；咽喉炎也好了，夏天敢下河游泳，冬天敢用冰水洗脸了。

　　登山还使我的创作节节攀升。自从坚持登山以来，血液里氧气充盈，肺叶里清新如洗，人也倍儿精神，仿佛年轻了许多，原先看来很难办的事情，觉得不那么难了。提起笔来文通理达，一气呵成，创作的数量多了，质量也高了，字里行间还充满了蓬勃朝气，稿酬单雪片般飞来，写稿收入远远超过了工资。还制定了更高更大的写作计划。

在登山的过程中，还有许多所见所思所悟，并渐渐化成人生哲理，营养着我的思想和精神。有些人本来有病才来登山的，总想一下子练成一个金罗汉，一天几趟地上去下来，结果反而耗病了不能再来，这使我加深了对"物极必反"这个哲理的领悟。有些人起步登山，觉得浑身是劲，比谁都能，一路小跑，结果不到半山就累得坐地猛喘，感叹："这活儿太累人，下次宁肯死了也不来登山。"结果真就不来了，这使我领悟到了做事要守恒加渐进的深刻道理。这些都化成了我许多篇作品的精髓。我有一首儿歌《小乌龟爬山》："小乌龟，去爬山，爬爬爬，流大汗。天黑才到山顶上，也是一个英雄汉。"发表在《幼儿智力开发画报》上，可看出我的心年轻了，守恒加渐进的感悟也在作品中体现出来了。

登山的收获还不止这些，你也想收获多多的话，就加入到登山队伍中来吧。

2010年

在城里有了一套一百多平方米的住宅了，却总是时时忆起前些年住过的那间只有几平方米，且位于高山上的木板屋来，因为那里曾经是我读书的一个绝好去处。

那年，我师范毕业后，被分配到一所十分偏远的高山上的中学去教书。那里，向房后走是上山，向房前走是下山，一年四季大多数时间都有云雾笼罩着。那所学校的校舍是几间旧房，教师宿舍兼办公室是村里原来的办公室，那里没有通电，晚上只能点煤油灯，没煤油时，就点菜油灯。每到夜间或节假日，那几间大木房的守护者，就只有我和那成群结队的老鼠了。分给我的宿舍不到十平方米，锅碗瓢盆、书籍床铺、桌椅板凳挤得水泄不通。四年的漫长时间，我就是在那样的环境里度过的。

我生来性格内向，不善交往，为了排遣寂寞孤独，我便尽心地读书。晚上躺在煤油灯下读，白天端条凳子坐到树荫下读，冷天围着杠炭火读。每次进城，我总要到书店买我喜欢的书：文学的、哲学的、历史的、地理的、天文的……喜欢什么书就买什么书，或几本，或十几本，不掏尽袋中那几个钱是不肯走出书店的。那是一个读书的绝好环境，没有人去我那里玩，没有人邀我去打牌喝酒，没有城市里那种嘈杂喧嚷之声。白天读累了，可以站在学校的操场边"一览众山小"，可以欣赏"一行白鹭上青天"的恬静画图；晚上读累了，可观天上星奔月走，可闻门前夜虫叽叽。就这样读啊读啊，整整读了四年。房里的书越堆越多，到四年后我考上大学离开那里时，其他家当一担就挑完了，而书却挑了三担。

如今在城市里有了一套宽敞的房子，却因为人来人往的多了，街上嘈杂喧嚷之声不断从窗缝儿挤进屋来，使我很难有好心境静静地读书了，于是又强烈地渴望着有那么一间远离尘世的山居小屋供我潜心静读。

1999年

在所有文艺创作中，编制谜语绝对是雕虫小技，但我却钟情于这种雕虫小技。十八年了，还如初恋一般。我之所以钟情于她，是因为她于社会于人民都有很好的作用。

我钟情于编制谜语，始自1982年。那年，我中师毕业后被分配到一个十分偏远的高山上的中学教书。那间学校只有我一人住校，又没有电，晚上和节假日真是寂寞难耐。没法可想，只得找谜语书猜谜语自娱自乐度时光。猜得多了，便动手动脑编起来。至今还记得那时制作的两条灯谜：一条的谜面是一个"奇"字，谜底是一句毛泽东诗词"大河上下，顿失滔滔"；另一条的谜面是一个"夭"字，谜底是一句唐诗"少小离家老大回"。我那雕虫小技就是这样学成的。

1986年我考上了一间大学的地理系，但因一些复杂原因，我入学时竟晚了十天。入学那天，正好是教师节，班上举办了一场晚会，节目中有十多条供有奖抢猜的地理谜语，竟全部被我一人猜中，系主任方酮昭教授于是对我格外垂青，原来他也是一个制谜高手。为了检验我的制谜能力，不久方教授又叫我编了些地理谜语办了一次专题谜会。这次谜会很成功，他很满意，我们的关系也成了师生加谜友关系。在我即将毕业的那学期，方教授约我合编一本《地理谜语》，他说："让中小学生们在互相猜射谜语的过程中不知不觉地学到地理知识，让地理教师们一书在手课堂活跃，岂不功德无量么？"我当然求之不得，于是我们就开始编制地理谜语。那是夏天，我每天早上八时至深夜零点都躲在方教授的办公室里编谜语。方教授的办公室天天都用电炉烤植物标本，我也常常被烤得汗如雨下，但却决不退下"火线"。为了在毕业前把书编完，我还毅然放弃了去海南省考察的机会。两个月后，书编完了，共有4000多条谜语，篇幅达19万字。这本《地理谜语》后来在贵州教育出版社出版了，厚厚的，将近300页，中小学生们都很喜欢。

大学毕业后，我先后在学校、报社、宣传部工作，其间，我在县里和一些企业、乡镇、学校组织了十多次不同规模的谜会，编制过许许多多的谜语，有宣传税法的，有宣传土地管理的，有宣传计生国策的，有宣传交通法规的……我几乎成了一个谜语篓子。

1997年和1998年的元旦节，我在县里组织了两次很有意义的谜会，并得到了《贵州日报》等多家新闻单位的报道。1997年组织的是"毛泽东诗词专题谜会"，我将毛泽东诗词的句子编成了400多条灯谜，供群众猜射。这次谜会具有较高的文化品位。1998年组织的是"祖国万岁专题谜会"，以我国的山河、历史等为内容，其中的200多条关于祖国山河的灯谜是我编制的。县文化馆在送文化下乡活动中，还将部分谜条带到乡下去让群众猜射，深受群众欢迎。

尽管组织这些谜会累得我够呛，又担误了我许多写作时间，但我心里还是挺快乐，因为我不但用雕虫小技为学生们编了一本轻轻松松学知识的有趣的课外书，还使广大群众在娱乐并增长知识的同时，增加了对祖国的热爱。

我心里暗暗决定，只要有需要，我会把这项雕虫小技继续玩下去，并玩得更好。

1999年1月13日

读词典使我获益多多

　　词典是收集词汇按某种顺序排列、并解释词语的意义、概念、用法的工具书。汉语词典从内容上，一般可分为语文词典、学科词典、专名词典三类。

　　语文词典是基础，而要从事某项工作，增加某方面的知识，学科词典和专名词典则起着不可替代的作用。我在参加工作的过程中，学科词典和专名词典成了我阅读的主要书籍，因为这样的词典每阅读一部，会使自己对这方面的所有知识有个大概而全面的了解，可以使自己迅速成为"内行"。

　　我原本是一位中学教师，爱好文学，由于工作需要，1994年经组织调动，到一家报社当记者和编辑，转行为一名新闻工作者。那时，我对新闻工作一无所知，像一张白纸，于是趁正式到新单位工作前的一小段日子，买来一堆新闻学方面的图书阅读起来，在读了余家宏等编写的《新闻学词典》（浙江人民出版社1988年出版）后，我对记者业务、编辑业务、新闻写作等方面都有了较为全面的了解。正式调入报社工作，理论与实践一结合，使我很快完成了角色转换，写出的新闻能在各级报刊发表，编辑的报纸也得到了读者肯定。

初当报纸编辑，如何把标点符号打准确，使文章能更好地表情达意，无疑是个难点，为了攻克这个难点，我读了一些关于如何打标点符号的书，虽然有收获，但总觉得还有问题，于是我开始全文阅读袁晖主编的《标点符号词典》（山西人民出版社1994年出版）一书。读完这本书，原来困扰我的许多标点符号问题都解决了，不但做到了使用标点较为准确，而且对一些标点的运用还感觉能增强文章感染力，起到较好的表意和表情效果。

我是个文学爱好者，尝试写过各种体裁的文学作品，但对寓言写作尤为偏爱。为了快速掌握古今中外寓言创作的概况，我阅读了孙锡信编文的《彩图寓言词典》（上海辞书出版社1993年出版）。通过阅读这本书，并剖析书中收录的精品寓言，我不但对古今中外寓言的创作概况有了一定了解，而且学到了多种创作手法，拓宽了创作思路，丰富了创作题材，使我在寓言创作上一路向前，出版了多本寓言集，获得了多种寓言文学全国性奖项，其中《兔岛上的狼》还走出国门，被新加坡收入中学华文课本，并制作成动画片在国内外传播。

2004年，我担任了绥阳县文明办的领导职务，首先做的一件事就是阅读高清海等主编的《精神文明词典》（吉林大学出版社1985年出版），了解了精神文明的内涵和外延，使自己很快成为一个懂业务的领导，工作起来方向明确，不致迷惘。

后来，我成了一名业余的地方文史工作者，感觉到自己对古近代科举取士知之甚少，在编写地方文史图书时又常常要涉及到贡生、举人、进士等古近代通过科举考试取得功名的文化人才，为了弥补这一缺陷，我阅读了一本翟国璋主编的《中国科举辞典》（江西教育出版社2006年出版），对中国科举制度有了较深的了解，编写起地方文史图书来便感觉较为得心应手了。编写地方文史图书还会涉及到历代许多鲜为人知的官称，于是我又阅读了赵德义、汪兴明主编的《中国历代官称辞典》（团结出版社1999年出版），对中国历代官称有了大概的了解。

为了读懂《诗经》，我阅读了向熹编的《诗经词典》（四川人民出版社1986年出版）；为了全面了解中国历代神话传说概况，我阅读了袁珂编的《中国神话传说辞典》（上海辞书出版社1985年出版）……总之，我想对某个方面有所了解，便会去阅读相关词典。

如果说一本普通的书是一桶水的话，那么一本相关词典就是一口池塘。读一本书，你对某个方面只能是一个侧面了解，读完一本词典，你在某个方面就会从一张白纸变成一名专家。

读词典，丰富了我的学识，对我的工作和写作帮助多多。到今天我能有近60本图书问世，成为中国作家协会会员和全国首届"书香之家"称号获得者，与我喜欢读词典有莫大关系。

2020年7月

放牛上坡好

读书

　　农家的孩子，上学前的早晨和放学后的下午，不是打柴便是割草，很少有机会静下来读书，只有放牛是个绝好的机会，我就常常利用这个机会读书。

　　我家常年都养着两三头黄牛，每年秋后到第二年夏初，不能打草喂牛，就是放牛的季节。在遍地庄稼的地方放牛是件并不轻松的事。童年的我常冒着毛毛细雨，提着烤火盆，背着蓑衣戴着斗笠，怀里悄悄揣着一本书——大人知道了可不行——被前后几头牛拉扯着上山，有时前头的牛拼命地向前拖，后面的牛却怎么也不肯走，往往要使出吃奶的力气才能走过里把路的庄稼地来到放牛山上。这时候便先捡些干柴棍丢在火盆里燃起大火，然后坐在蓑衣上从怀里掏出借来并带着体温的图书阅读起来。

　　那时节买书是不可能的，能弄到的书不多，在落后的农村要想弄几本可读的书就更是十分艰难。记得我最先读的是一本掉了几十页的《大闹天宫》，随后是一期《少年文艺》，再后是一本著名作家海笑著的长篇儿童小说《红红的雨花石》，读得最多的是样板戏《智取威虎山》和《红灯记》的脚本，几乎已能全文背诵。

读书读到入迷时，牛跑了也不知道，有时要直到第二天才能把牛找回来，当然免不了大人们的一通打骂。这样的遭遇有过十多回，却总是屡教不改，一样的读书入迷。记得那个冬天读《红红的雨花石》时，我被书中的精彩情节吸引住了，竟忘了看牛。等我感觉到夜幕开始降临才收书看牛时，牛早没了踪影，便不顾一切地钻进林中没头没脑地乱找。家里知道我放跑了牛，人也没回去便着了慌，连夜邀约了亲朋邻里，点了火把上山找我和牛。我既怕找不到牛回去交不了差，又怕遇着鬼怪或猛兽，就躲在一处岩腔里不敢再动，连家人的声声呼唤也不敢应答。直到第二天才在十多里外邻县一农家的牛圈里找着了牛。是好心的主人见我家的牛偷吃他家的麦苗而拉去关着的。

在我读初中三年级时，十年动乱结束了，恢复了考试制度，学校也正规了许多。我当时的成绩在班上是冒尖的，但有一段时日，为照顾生病的妹妹，成绩下降了，被老师狠狠克了一顿。但当老师看见披着蓑衣戴着斗笠，拉着两头牛，一本英语课本不慎从怀中掉下来的我，感动了，回到学校还当着全校师生的面表扬了我的读书精神。

后来，我以全校最高分考入了县重点中学高中部学习，再后来考上了大学，再后来成了编辑、记者，有了几本小书面世，我想这恐怕都与我在动乱年代没有荒废学业，而利用放牛时间读书打下的基础有关吧。

树桩的“耳朵”

多年前的一个冬天，几个孩子提着烤火盆去一片林子里放牛。看见一个奇怪树桩，就把烤火盆放在了树桩上。那树桩的一周层层叠叠地长着许多像耳朵一样的东西，白嫩鲜美，香气扑鼻。烤火盆在树桩上烧着旺旺的一盆火，孩子们围着树桩烤起来。烤火时，你一脚，我一脚，这一烙那一烫，白嫩鲜美的"耳朵"被弄坏了不少。放罢牛，大家提着烤火盆回家了，谁也没在意这件事。其实，那些"耳朵"是罕见的野生冻菌，味道特香特美，却被菌盲们糟蹋了。

第二天，另一个孩子也去那片林子里放牛。一见树桩，他惊喜地叫起来："哇，不得了，这么多冻菌，太好了。可惜被糟蹋了很多！"伙伴们这才知道那是冻菌。接着，那孩子肯定地说："别的树桩上长的冻菌能不能吃，我不知道，但这种树桩上长的冻菌我吃过，好吃得很。我们把剩下的捡回去吃吧。"接着，大家七手八脚地把那些没坏的"耳朵"摘下来，一人分得了二三十斤。那个孩子家美美地吃了好几顿，还送了一些给左邻右舍，大家都说太好吃了。

有户邻居吃了那孩子送的冻菌，一家老小就带着铁锹、斧头，费了九牛二虎之力，把那个硕大的树桩连根儿掘起来抬回了家，然后天天用米汤浇这个树桩，希望能给他们一家人长出更多更美的"耳朵"，食而美腹，售而聚财。可是环境变了、条件变了，又被他家用不正确的方法侍弄着，所以那个树桩再也没有长出过一只"耳朵"。他家和别人家当然也再没吃上过那个树桩奉献的"耳朵"。几年后，这个树桩被那家人气急败坏地当柴禾给烧掉了。

神曲

一个八岁的童话，被扑上公路的浪头卷进千百双眼睛盯成的绝望。蓦然，一绺黑发从一幢高楼里飞出来，穿破那数不清的叹息和低泣，箭一般扎进了洪水卷起的悲剧。三百米，二百米……两个黑点点缀成洪水铺开的惊险故事中一个扣人心弦的悬念。终于，那个小黑点在一双粗大的手臂的托举下，又奇迹般在老柳枝上蹲成岸边千百双眼睛里的美丽童话，但轰然响起的哭声可以作证，黑发将二十岁的生命浓缩成了岸边一块永不风化的墓碑。

雨夜擂门声

是向暴风雨兴师问罪，还是向骇人的灾情发动进攻？总之，广播站的门在午夜两点被擂得山响。闪电下，水淋淋地站在雨中的那个单薄的身影，仿佛是一根钉住滚滚山洪，紧系八方安危的镇洪神针。"开门！开门！！"书记的粗嗓门带着泥土味，带着山野味，将军般把暴风雨也吼得浑身一抖，惊惊惶惶地暂停下来。"共产党员……抗洪……第一线……"广播响起来了，洪亮的高音穿过午夜两点漆黑的夜空，划破闪电和雷声，在汹涌的洪水和泥石流奔突的旷野上久久地回荡。

鸭群

当旭日刚在山口圆成一面笑意，被夜色孵了一夜的星星便从姑娘的鸭竿上滑落，"呷、呷、呷"地吵嚷着扑进了山村绿汪汪的喜悦。浣衣女有节奏的捶洗声，是为鸭群演奏的舞曲，鸭群优美的舞姿熨平了山村小路弯成的皱纹和山民衣服上累累的补丁。拖拉机出村了，"突突突"的喘息声诉说着将鸭群"呷呷呷"的叫声运进存折的辛劳；出租车进村了，"的的的"的欢唱显示运来彩电、冰箱和外商的得意。"来呀，来呀，呷呷呷。"晨雾中传来清晰的唤鸭声。

秋菇

你在萌动的时候，就为自己准备了一柄遮挡太阳雨的小伞，却没有想过要为自己做一件绿色的嫁衣。是因为你害怕独享了太阳过多的亲吻，而使田野的熟透的秋姑娘缺少丁点儿的丰满么？秋姑娘可是属于数十亿地球人的期冀啊。匆匆而来，匆匆而去的秋菇，在树荫里点缀成数不清的问号。

地下水

地下水被埋没着，却并不抱怨，而是寻找地层缝隙，以泉水的方式喷涌出来，那些埋藏得更深的，更以温泉、热泉、沸泉的方式喷出来，形成惊世奇观。

筑路号子

"修公路了！"一声长长的吆喝撕破雾霭，村边那棵老槐树醒了。

木门洞、石门洞里挤出来的是些铁锹、镢头、钢钎和木锤。长头发、短头发、黑头发和白头发都飘起来，跳动成一支渴盼出山的进行曲。无数的梨树、李树、椒树、烤烟、油菜、生猪引颈呼唤，欲冲出无形的穷的外壳。"大家来呀，把路修呀，哎嗨哟！小山村呀，要出山呀，哎嗨哟！"那号子声雄浑而急切，把浓浓的雾霭撕成了块块汗巾。

新路剪彩

当梦幻将又一个冬天敲碎成漫天飞雪的时候，山民用微笑和渴盼筑成的一条"长龙"蜿蜒而起。晨晖也给它染上一层亮色，新路的英姿坦露给千百万双叫不出名儿的眼睛。那些眼睛盛满了新纪元。一条红彩绸横成历史的冲绳，跑了几千年马拉松的山民，终于挺起胸举起了智慧和勤劳的巨剪。新路剪彩了，此起彼伏的呼喝裁剪着新时代更高的目标。

赤潮

是太阴和太阳的引潮力陡然数倍地增长吧？是火红的岩浆在地下压抑了漫长的地质年代激情难遏冲出了地表吧？夏秋之季阴阳逆转山神滚滚脉动肌肤起伏成了波翻浪涌的赤潮。浪花飞溅处，弄潮儿在涛头笑盈盈撑起支支电视天线杆的橹稿。啊，那是干劲冲天的乡民洒下的热汗，化作了满山遍野火焰般红得人铁眼难睁的辣椒——山村熟透了，脸蛋儿红扑扑的，叫人怎不满怀一腔痴痴的恋情？

夜雨

下夜雨了。天上筛下的金豆子切割过三九二十七幢新竣工的砖房里射出来的灯光，闪着斑斓，打在连成一片无边无际绿茵茵的油菜田上，打在大山胸膛上那串池塘组成的珍珠项链上……于是一支充满浓浓酒香的乐曲在茫茫的夜色中演奏出来，逮住了夜行人原本急切的脚步。巨大的天筛不停地摇摆着，那金豆子就没有摇尽的时候么？其实，金豆子早已融进了大自然的韵律，难怪田野里一豆不存却风流尽得。啊，夜雨，要下你就下个够吧。我欢呼我雀跃把我赤裸裸地献给你。

放水工

坐在倒放的锄把上，就像闸门在沟渠上坐着，漆黑而宁静的夜被他装进烟斗，泰然地吸出一点星火。自私的秕壳在闸门里沉淀，田野的丰满从闸门下流过，守卫着山民甜甜的梦，润养着责任地的焦渴。山南的小蝌蚪刚喝足了水，快看，那星火又移到了山的北坡。

花椒林

一股芸香味扑面，花椒林向我们远道而来的客人奔来，要述说它们生在山村心飞山外的处世杂感，那杂感是麻的，也是香的。千百双手在花椒林的头发上采撷着珍珠和玛瑙，就像海燕在绿色的海洋上采撷着波浪一般，那些珍珠玛瑙是歌声的音符，是笑声的拟态。走进花椒林，我觉得我飞起来了，凭借的是花椒林散发的芸香味；走入花椒林，我觉得我已变成花椒了，凭借的是沁人心脾的无边的绿色；走出花椒林，我才恍然大悟——原来，我已融入了新农村改革的旋律。

油菜花

当早春刚为严冬划上一个句号的时候，龙灯节燃放的烟花铺天盖地在田野上复活，犹如旭日熔化在一块偌大的画布，把山村原本绿汪汪的希冀涂抹成了黄金色的喜悦。嘤嘤嗡嗡飞来的是数以亿计的蜜蜂，要为山村酿制一坛密封的春意。啊，黄金色的油菜花，你是山村沃土上的笑靥，就像见了归来探亲的恋人，将从春季笑到夏季；你是山村身上的锦缎，要在新潮的时装表演中袒露自己。

筑坝

是那河谷录制了古战场壮怀激烈的战斗情景，而今重播么？不然，为什么浓浓的雾霭中传来了叮叮当当杂乱的铁器撞击声？那撞击声铿锵有力，威猛地撞击着小山村封建落后的金钟罩，要让阳光镀一层亮色。雾霭渐渐被那撞击声撕裂，呈现出的却是另一幅恢宏的画面——一幅应名为"筑坝"的传世写生。那堤坝也将一些本要流逝的岁月唤聚在山村的营地，编制成"第五纵队"，要刺向贫穷那个魔鬼的心脏。突然，那些撞击声停止下来，在一分钟的静默之后，轰然爆出一声巨响，那块有碍筑坝的巨大顽石，或许还有那金钟罩，那魔鬼，也在山村这一声怒吼中碎为齑粉了。"坝筑成了！"此起彼伏的声浪荡涤着河谷上空残留的尘埃与水汽凝结而成的浓雾，那是小山村从心底发出的自豪的呐喊，那是战胜大自然的豪迈宣言！

鱼跃人欢

在朦胧的雾霭中，几双大手用希冀的块石垒砌着责任地，再用政策当作胶结物，凝固致富的塘围。钢钎、铁锤与石头的撞击声，伴着洪亮的号子声，致富心曲的鸣奏，组成一股能将高山夷成平地的雄浑力量，在荒山在深谷久久回荡。姑娘用木瓢舀起一瓢瓢鱼苗放入水中，仿佛满天群星被拂晓的鸡鸣唤落方塘。塘边小屋里从此多了一些不眠的眼睛，仿佛月亮看护着这一塘初放的希冀。放鱼苗便是放逐喜悦，放逐明天，放逐对时代的禅悟。是太阳洗澡脱落的鳞片，还是月亮缺掉的那一半碎在塘里？蹦跳在网里的，银光闪闪，活活鲜鲜。山村正用彩笔，描绘殷实的画卷。

山村夜色

三两声犬吠，把满天星星唤聚山村，于是，蛙声鼓足希冀，裁剪着那些溢出窗玻璃的微光。这便是千万双赤裸的脚亲吻过大地之后分娩的，垂直而又平行于现代意识的无边的静谧。这静谧的根扎在以无穷魅力诱惑着高原男子汉的地平线，难怪无数的渴求便绿成田野海一般的风流。车灯举起一把把光的巨扇，扇来扇去，终于扇尽了那一层蛮荒。一股澄澈的空气沿着每一条田垄血液般灌进山来，于是，一种潜在的躁动便在恬静的夜色中孕育成一声雄性的吆喝。

小镇

那条笔直的街道，是南国运来的一截甘蔗，正浓浓地散发出蜜的气息，那气息亮小镇成城乡之间的阳光地带。于是，气候在温暖的季节凝固了，密扎扎的发廊和密扎扎的高房里，终年有春风鼓荡。啊，机动车朗诵的定然是配乐散文，不然怎这般自然流畅，就像那少年人一尘不染的心灵里自由地生出的稚嫩欲滴的理想。小镇不会发言，只借太阳和月亮两只眼睛，一只笑在白天，一只笑在晚上。

春风赋

春天来了，大地上吹着春风——那种微微的，软软的，暖暖的，甜甜的风。春风吹过草地，草尖儿立刻拱出地面，扬起颗颗绿色的小脑袋，惊异地看着这个不曾见过的，崭新的，充满活力的世界。春风吹过树林，沉睡了一个冬天的树木们醒过来了，一个个揉揉惺忪的睡眼，又吐出了水淋淋、活鲜鲜的嫩芽，像婴儿的手指般召唤着小鸟儿、小蝶儿们一起嬉戏。花们也沐着春风开放了，五颜六色，一朵朵就像初生婴儿的脸蛋一样粉嘟嘟、香津津的。春风吹过湖面，湖水笑起一圈一圈的波纹儿，水中的鱼儿高兴得游来游去，庆贺春的到来，刚出水的嫩嫩的荷叶上，蛙儿也鼓起腮帮子唱出了第一支春歌，轻柔而舒缓的旋律直乐得柳丝儿摆来摆去。春风吹起了满天的风筝："雄鹰"挺直翅膀翱翔，"老虎"拖着尾巴翱翔，"鱼儿"摆着薄鳍翱翔……叫你分不清哪是高空，哪是地面，哪是海洋；直逗得白发老人、黄毛丫头们都乐得合不拢嘴。春雨是春风送来的珍贵礼物，夜晚的灯光照射下，只见数不清的金豆子撒在山坡，撒在田野，化成了土地的血液，使土地生出了数倍的精、气、神。春风中，燕子忙着用她的剪刀剪裁着，为大地剪裁满身的锦衣乡衫；蜜蜂忙着把花粉采进蜂房，要酿造出人间最美的生活；农民手扶犁铧翻着大片大片的肥田沃土，要播种一茬最满意最满意的庄稼，轰隆隆轰隆隆的春雨便是他们得意的吆喝。这就是春风，把人的心境也吹得活泼泼的，叫你不得不以崭新的态势工作着，去创造辉煌的成就。

1990—1992年

生活拾贝

钓翁杂记

夜读《搜神记》，有《冠先钓鱼》篇曰："冠先，宋人也。钓鱼为业。居睢水旁百余年。得鱼，或放，或卖，或自食之。常冠带。好种荔，食其葩实焉。宋景公问其道，不告，即杀之。后数十年，踞宋城门上，鼓琴，数十日乃去。宋人家家奉祠之。"读至此，忽有奇想：冠先这个春秋战国时的钓坛高人，因不告宋景公钓鱼之道，竟招来杀身之祸。悲哉！惨哉！然即便如此，尚灵魂不死，蹲在他宋景公的城门儿上，鼓琴作歌，以示抗争。虽是消极反抗，也可见钓民与统治阶级之间斗争之激烈，他们为争取人权，表现出了大无畏的斗争精神，一笔笔沉重地写下了钓坛史话。今天，在我们这个社会主义国家里，人民当了家，作了主，再也不受宰割了，我们钓民焉能不乐在江海之间，醉于钓台之上呢？

喝晚茶

一条小河清波慢荡，游船穿梭，城市的辉煌灯火倒映水中，令人想起朱自清和俞平伯笔下的《桨声灯影里的秦淮河》。更诱人的，是沿河的依依垂柳下，那一长排茶桌。茶客们在凉爽的晚风中，边品香茗边聊天，还能欣赏那一河美景，真如神仙一般。看见那样的情景，我羡慕不已，决定邀几位好友也去喝一回晚茶。到了河边，选一处好座位坐了，花 30 元泡一壶好茶，要一碟葵花，便开始天南地北地聊天、品茗、赏景。波光融融、桨声款款、清风习习、茶雾袅袅，使我们每个人的每一个细胞都舒爽透了。有人提出时间不早了，该回去休息了；有人便说还早还早，太难得了，多坐会儿。就这样依依不舍，一坐就是几个小时，到了 23 点，才难舍难分地散去。我回到家后，洗漱毕，便上床睡觉，可是每个细胞都还兴奋着，仿佛仍在那习习清风、袅袅茶雾之间。就这样在床上烙了一夜的饼子，眨眼儿觉也没有睡着。第二天，我整日都昏昏沉沉的，浑身不舒服，一个字也写不出来，十分着恼。问那几个好友，全都跟我一样，眨眼儿觉都没有睡着，第二天都很不舒服，连常年抱个浓茶罐罐者也不例外。或曰：享受和痛苦，其实是一对孪生兄弟，有些追求高级享受的人，往往会赢来无尽的痛苦。那些因享乐、腐化而跌进大牢的红顶们，就是最好的例证。

捡蘑菇

累了一周，热了一周，周六决定一家五口都去捡蘑菇。捡蘑菇可以亲近大自然，可以增长一些关于蘑菇的知识，可以为餐桌增添一道美味，可以借林荫消暑解乏，真是一个绝妙的主意。我们一行五人，渴了喝矿泉水，饿了吃午餐肉，还在林间玩吹口哨、打倒立等游戏，并将这些有趣的快乐时光摄进了相机。说实话，蘑菇倒没有捡多少，快乐却收获了不少。乐了一天，回到家里，我们将不多的几朵蘑菇又进行了筛选，把不认识的全部丢弃了，这样剩下来的只炒了小小的一盘，一人可以吃几小片。野蘑菇的味道确实鲜美，我们每个人都赞不绝口。可是，吃了蘑菇两小时后，女儿就开始呕吐，而且吐得很厉害，很痛苦，显然是中毒了。幸而有一个学医的朋友到家里来玩，指导着怎么处理，才没有送医院洗胃。奇怪的是，除女儿一人以外，其他四人一点儿事都没有。至今，我仍然没有弄明白是怎么回事。或曰：社会生活也像吃蘑菇一样，总有些祸根隐藏在美好的事物里面，如果你没有及时发现它，并把它清除掉，那么，一旦你在不经意间碰上了它，它便会给你带来危险或痛苦。

游泳

小时候，每年春末到秋中这段时间，我整天都是泡在河里的，其间有几次遇淹被救的经历后，练成了一身好水性，成了我们那一带的游泳大王，即使到大江大河里游上十里八里不休息，也没事。但自从上了高中离开了家乡，也没个地方好游泳，游泳的机会就大大地少了，从二十多岁起就没有游过一次泳。不知不觉，从小伙子变成了中年人，身体发胖，多了许多赘肉，但我想，游泳并不是难事，还可以借助浮力省下力气，只要下了水，原来学会的绝技就能发挥出来，游个十里八里仍然是办得到的。那天，有机会让我下水游泳了。我想好好地展示一下。我下到水中游起来，谁知差一点就游不动了。游了几米便赶紧回头，不敢往深处去，不敢游过那条几十米宽的小河，因为就这几米已经使我累得直喘粗气。记忆中以蛙泳快游，以仰泳休息，以潜水捉迷藏，以踩水渡河玩绝技，到现在全都实现不了了。或曰：人们做某一件事情，只有经常去做，才能做好做精，如果长时间懒于去做它，即使原来做起来得心应手的事情，也会使你做起来生疏，甚至不会做了。

挨饿记

几乎每个周六，我们全家都要步行去山野郊游，重在亲近自然，重在锻炼身体。我们去时，还总要带些吃的东西当午餐，既省钱，又能玩好。上周六，我们又去郊游了，但却没有带食物，原因是我们几年前也曾去过那里，那里有座寺庙，可以花点儿钱请庙里做饭的人做点素菜素饭给我们吃，也特别有风味。我们原打算在那儿玩一整天，中饭在那儿吃，所以上午十点四十分才到。到了之后，管庙的人却说，做饭的走了，你们自己想办法吧。我们一听傻眼了，去买吃的吧，方圆好远都没买处；打道回府吧，又不甘心。这儿的确是一个好玩的地方，一个溶洞，洞中有一股清清的泉水流出来。洞里还有些岔洞，虽然规模不大，但还算玲珑，进去钻一钻，也别有一番风味。洞外的崖壁上，有许多大大小小的孔道，成千上万的蜜蜂在孔道间飞进飞出，采花酿蜜，十分忙碌。我们在洞口玩，洞里出来的凉风吹去了我们一身的暑热，蜂蜜的甜香直往每个人的鼻孔里灌。我们尽情地玩着，希望能忘记饥饿，但越是想忘记它，它却越是要伴着蜂蜜的甜香袭来。没办法，只好一边咽口水，一边做游戏。这样挨到了午后两点，正是太阳最厉害的时候，就再也受不住，只得顶着烈日的暴晒，一个个蔫头耷脑地走上了回家的路。或曰：对待事物，应常思一个"变"字；有所准备，才能从容自如。

割 草

小时候割草，常常跟伙伴们一起在山上转半天，心焦气躁，却割不了多少。后来，一个很能割草的人对我说："要想割草快，只需注意几点。一是不要太挑剔，只要有草就割；二是割时不管草好草坏，都挨着割走；三是不要跑太远的路耗费时间。"我照着他说的办法去割草，真的快多了。或曰：这也看不上，那也看不起，好高骛远，是办不好事情的，只有脚踏实地，走稳每一步的人，才有希望实现自己的奋斗目标。

错走了那条路

那天早晨起来，推窗一看，昨夜下雪了。我们这个小县城里，雪下得并不太大，只是屋顶、棚顶、车顶等处白了，地上却是干的，并没积雪。而且这时已雪过天晴，阳光普照。平时，我上午和下午下班后总要绕道走，权当锻炼身体。我常绕的那条郊区小路有一段泥路，下雨天很溜滑，到处是稀泥，很难走，所以我在下雨及雨后一两天是不会走那条路的。到上午下班时，城里的地面看上去越发干燥，而且已经见不到雪的踪影了，只有太阳明晃晃地照着。于是我决定走那条郊区小路。可当走到那段泥路时，才知道那段路比下雨天还要溜滑，到处是稀泥，把皮鞋都弄成了泥鞋。我这才恍然大悟：融雪不是水么？城里的水泥路面干燥，是因为人多车多，路面温度较高，轻易垫不了雪，但郊区的泥路上没车，走的人也少，就不一样了。或曰：生活中，只看表面或局部现象而作出错误判断，很容易导致决策失误，从而带来不良后果。可见，一个领导者在作出每一项决策前，深入地调查研究，深入地思考，是多么重要的一环。那种坐机关下命令的作风，肯定会错误百出，贻害无穷。

信 心

有位年轻人陪一位 50 多岁的教授去一座原始森林进行考察，他们要去的目标是原始林区最高的山峰。在森林中艰难地行进了几天，再走几十分钟就可以到达峰顶了。这时一行四人中的那位年轻人因疲累而打了退堂鼓，提出留下来烧饭。40 分钟后，其他三人站在峰顶饱览了整座原始森林如海如潮、无边无际的胜景，而那位年轻人却因一时的信心不足留下了终生的遗憾。或曰："物竞天择，适者生存"的自然法则告诉我们，万物如果没有竞争的信心和生存的勇气就会被无情地淘汰。

风 筝

有一次，一群人到山上去放风筝。各式各样的风筝在空中争奇斗艳。按形态分，有鹰风筝、虎风筝、美人鱼风筝、超人风筝、龙风筝等等；按做料分，有牛皮纸风筝、塑料薄膜风筝、布风筝三种。看上去，布风筝高贵典雅，特别潇洒漂亮；塑料薄膜风筝印刷精美，颜色鲜艳夺目；最不受看的是牛皮纸风筝，纸质拙朴，颜色素淡。但是，满天的风筝中，无论是哪一种形态的，飞得最高的却是那最不受看的牛皮纸风筝；而飞得低，有的甚至飞不起来的，却都是那些塑料薄膜风筝和布风筝。或曰：没有真才实学的人，不管他摆出多大的架子，看上去有多高贵，就像那些布风筝和塑料薄膜风筝一样，是飞不高甚至一点也飞不起来的。而那些虽然外表朴素，做人谦和，但知识博厚，有真才实学的人，却能像牛皮纸风筝一样，高高地飞扬在人生的天空！

圣 灯

在某座名山上，有一种奇妙的自然景观。每到雨后初晴的夜晚，即可见到千百处灯火般的光亮在四面的山谷中显现。人们对这种自然现象众说纷纭，但有一点相同的是，都把它想得十分玄妙神秘，并呼为"圣灯"。有人说那是古人收藏的灵丹妙药散发出的光亮，有人说是草木的精灵发射出的光亮，有人说那是神龙发出的灵光，有人说那是仙者圣人施行的法术。其实这只不过是地下磷矿的磷分子分解出来，在空气中飘动闪光而已，并不神秘。在现实生活中，有的人深谙人们这种视陌生事物如神似仙的心理，便故意把自己包装起来引人上当。如有的人，本来囊中羞涩，却硬要装出一副大老板的派头唬人，让那些只认衣衫不认人的人把他奉若上宾，借以骗取别人的钱财；有的人本来肚子里墨水不多，但却喜欢高谈阔论，摆出一副大学问家的派头，让不知他底细的人拜倒在他的脚下。其实，你只要认真考察，仔细思考一下，便可揭开形形色色的"圣灯"之谜，视这些"圣灯"为凡物。

森林无蚊

有一年夏天，一位年轻人随一位植物学教授到一座低海拔的原始森林进行了一次科学考察，并在森林中露宿了两个夜晚。去之前，那位年轻人想，这么热的天，又是在森林中，肯定会有许多恶蚊叮咬，晚上睡觉时一定受不了。于是他私下悄悄准备了几盒蚊香带着。可是实际情况却是一只蚊子也没有。后来他想，定然是森林中夜间温度较低，不利于蚊子繁殖。低海拔的原始森林中，夏天会没有蚊子；有些貌不惊人的人，却可能怀有惊世才学。许多事情，如果不进行调查研究，只按常理去推断，往往是会出现差错的。

下山的石块

小孩子们常在山坡上玩一种滚石头的游戏。将一块大石头轻轻一推，那石头就会顺着山坡一路抛滚，很快就滚下谷底，引起一阵美妙的空谷回音。小孩子们还爱看大人们抬石头上坡的情景，一块不大的石头，几个人抬着，一路嗨哟嗨哟地喊着号子，个个涨红着脸，流着满脸的汗水，费了不少的力气才能上一点点坡。如不注意，石头脱套滚下坡去，还将劳而无功。令石头下山这样轻松容易，使它上山却要费尽九牛二虎之力。这如同人的退步与进步一样，退步如令石头下山，会越滚越快，如无阻挡，很快就会直达谷底；进步却如令石头上山，不但需要淌许多汗水，费许多时间，而且稍不注意还可能劳而无功。所以，在前进的道路上是需要时时努力，慎防懒惰松劲的啊！

门与树

山腰有座庙，山脚有两棵树。两棵树分立路的两边，像一道门，上山的人走到这儿心里就觉得爽起来。有一个信佛的人决定在这儿捐建一座寺门。一个月之后，寺门建成了，骨子里是钢筋、水泥、砖头，穿一件红油漆的外套，戴一顶琉璃瓦的帽子。树在门前，像站岗的哨兵，半遮半掩着那门，远远看去，红墙绿树，深含浅露，别有一番韵味。行人走近，顿感亲切、舒爽。可是过了几天，一夜之间变了样，两棵树不见了，门前赫然立起一块石碑——某某捐资修建。上山的人走到这里，都叹息一声：可惜！为求显示自己的名声，而不惜毁掉众人心仪之物，这与修炼其实背道而驰。

提升本质

有个首饰匠技术很差，把心思多花在首饰盒上。当时的人缺乏鉴别力，他的货买的人不少。一些年轻人纷纷效仿他，也赢得一些买主。可有个年轻人没学他，而是精益求精地制作每一件首饰。几年过去了，人们的欣赏水平提高了，那个老首饰匠及追随者的货再没人买了。只有那个年轻人因手艺大大提高，制作的首饰件件精美，即使用普通盒子装着，也大受欢迎。靠包装赢得赞誉是暂时的，只有辛劳与智慧的结晶，才经得起时间检验，赢得经久不衰的赞誉。

不要迟疑

有一条 30 米宽的河，河上有条拦河坝。那年，一个年轻人挑着一担煤从坝上过，忽见上游有洪水滚滚而来，大有决堤之势。如果这时那年轻人果断地扔掉并不值钱的担子跑过去或退回来，便能避开洪水，但那年轻人迟疑了，他想："是前进好呢？还是后退好？是扔掉担子好呢？还是挑着担子好？"一迟疑就耽误了几秒钟时间，结果他被滚滚洪水冲下堤坝吞没了。

只管往前走

一个人只要选定了正确的目标，而且你走的那条通向目标的路也是正确的，那么剩下来的就是排除一切干扰，只管往前走。我小时候住的寨子里有十多条狗，每有陌生人过寨，总有几条狗"汪汪汪"地叫。大约有两种情形：一种是狗叫狗的，他走他的，那些狗叫几声，见过路人不理睬，自觉无趣，也就无精打采地停下不叫了；另一种是，过路的人见了狗叫，十分生气，或捡起石头砸狗，或举起棍子打狗，这下可好，狗们见那人竟敢叫板，立刻精神起来，一大群追着咬，还要追出好远，弄得过路人狼狈不堪。通往理想的道路上也会遇到这样那样的拦路狗，如果你把多数精力用在与这些拦路狗较劲，那么你就可能推迟时间到达目标，甚至有可能因为精疲力竭而到不了目标。所以，对付这些拦路狗最好的办法是，由它们吠去，你只管向着目标往前走。

钓鱼不得乃常理

前不久，听一位老先生讲过两个钓鱼的故事。他讲的第一个故事是：有一次，他同两个钓友去一池塘钓鱼，各据一方，钓着钓着，三人的鱼杆都动了起来，一拉，很沉，都有大鱼上钩的感觉，可是拉了半天，谁也没有拉起鱼来，后来怀疑三人钓着的是同一条鱼，乃使两人放线，一人收线，最后真拉起一条大鱼，原来另两人的鱼钩钩到了钓着鱼之人的钓线上。于是那人只得把鱼三等分，一人一份。他讲的第二个故事是：有一次，他钓了一条十八斤重的大鱼放在家里，便出门去请老友同来分享。谁知老友请来了，鱼却已被子侄们狼吞虎咽地吃光了。

大鱼本来就不易钓得，而且即使钓得了，想分吃的人也很多，钓者往往费力不讨好。生活中的许多人，常为发不了大财，当不了大官而烦恼，这是他们不知道钓者未必得大鱼的道理。

拾柴遇险

小时候生活在农村，常干的事情之一是拾柴禾。

有一次，我到一座悬崖顶上去拾柴禾，大大地险了一回，四十年过去了，至今不忘。

那天，我一早就去拾柴禾，选好的地方是一处悬崖的顶上。悬崖有数十丈高，大约呈九十度壁立着，全是灰白的岩石，从上面向下望，会令人心惊胆战。悬崖顶上有一段约六七十度的斜坡，斜坡上是一片原始林，林中能拾到干树枝做柴禾。我在那片原始林中搜寻着，忽然看见了一根干树生在一个树疙篼上，就高兴地过去扳那根干树，谁知使劲一扳，干树应力而断，我猝不及防，随着扳的力量，像车轮一样在斜坡上滚起来。我扳干树的地方，离悬崖的边缘有七八米远，我滚着，无法停下来，心想："完了，滚下悬崖定然粉身碎骨。"

幸而在悬崖顶的边上有一棵汤圆粗细的小树卡住了我，把我悬在了高空，使我免遭了魂销魄殒的惨祸，但已经吓得我浑身瘫软、冷汗淋漓。

这次遇险给了我很深的启示：在危险的境地里劳作，一定要有清醒的安全意识和足够的保障措施，否则发生了事故就悔之晚矣了。

2003年

宽窄与进退

一

心有宽有窄。宽则格外晴朗，盛开出灿烂鲜花；窄却别别扭扭，凋谢为一蓬枯草。刘备心宽，雄起于巴蜀；周瑜心窄，气死于江东。

人生之路有宽有窄。宽则令人智昏，多坠落于谷底；窄却令人奋起，多闪射出光芒。商纣王因路宽而灭国，令人悲叹；孔仲尼因路窄而闪光，光耀千秋。

手太宽，易声色犬马，坠于迷途；手太窄，难握住世界，少有成就。富不过三代，都因宽而失志；瑟缩于投入，会因窄而无功。

脚太宽，老想踏平世界，往往欲壑难填；脚太窄，不敢涉足江湖，常常小有即安。

宽窄之间，难说好歹，把握全在自己。路窄而心宽，可达光明；路宽而心窄，直通黑暗。手脚宽而失控，悲剧就在眼前；手脚窄而知足，乐境就在身边。

宽窄有度，绚烂一生。

二

进是向前，退是向后。

向前未必都是光明。理想光明乃光明，目标黑暗则黑暗。红军长征，因理想光明而越进越宽阔；"台独"之路，因目标黑暗而越进越狭窄。

向后未必都是退步：因进而退乃是大智慧，遇难而退却是真怯懦。

在正道上进，前景一片灿烂；从邪道上退，浪子也成金佛。

进一步胜利在望，退一步海阔天空，前者是励志，后者是励性。

退无用之枝，以养上进之干，干将日益高大；进无用之枝，以拖干之后腿，干又岂能参天。

进退失据，定然泥沼深陷；进退有度，当然坦荡向前。把好进与退，人生多绚丽。

三

有的人爱用放大镜看自己，分明仅一粒沙子，却以为是一座大山，便常以大山自居，对人总居高临下，哼哈之间咄咄逼人。

有的人爱寻找露珠照影子，分明是一棵绿树，却自认是一棵小草，便常自卑于人前，见人总自矮三分，言语之间畏畏缩缩。

爱放大自己者，似被充胀的气球，一旦飘摇空中，很快便将坠落荒野；常缩小自己者，似被放气的车胎，不敢滚滚向前，转瞬间即变为废物。

不失自知之明，无需自惭形秽，做个真实而自信的自己。

2013年

家长与孩子

今天，在我女儿办的作文班上见到了两个小学生的家长。

一个五年级学生的家长对我说，她家的儿子，6岁时就送到40多公里外的寄宿学校去读书了，那孩子在学校整整哭了半年。双休日接回来后，就再不肯去学校，而家长非要逼着、哄着，使儿子流着眼泪去学校。那时，那孩子经常感冒，每每要去接出来打吊针。几年后，那孩子告诉家长，他那时的感冒是自己弄出来的，就是想从学校出来，跟爸爸、妈妈呆一会儿。那孩子现在还读着寄宿学校，但情况是不是像他们期望的那样呢？不是。现在那孩子回到小县城，到一个不足1公里远的地方去学作文，都非要家长接送不可，对家长的依赖反而越大了。

一对家长夫妇每次都来接送儿子。夫妻二人送孩子到了作文班，也不跟老师打招呼，就会随意跑到教室里，把坐在后面的儿子拉到前面的座位上来。还每每叫别的孩子给他的儿子占座位。反正他们的儿子得最优先。结果他们的儿子一点都不优先：作文是班上最差的，据说在他们学校的班上，成绩也是最差的，而且品行也差，稍不如意就大发脾气，又是哭，又是乱砸东西，还自残，弄得老师都很害怕，没法教育。

孩子有如鸟儿，久困笼中必失飞行之能；孩子有如庄稼，施肥太多必致枯萎焦黄。管理教育孩子，千万要谨慎地把好度啊。

请客的尴尬

昨天，有位朋友请客吃饭，也请了我，我欣然前去了，但却使客人们遭遇了尴尬。

一是吃饭的环境很差，有点倒胃口。桌子摆在一间小屋子里，到处又黑又脏，堆满了杂物，还有一张床，床上零乱地扔着被子，屋子的里间又是厨房，厨师和服务员总在这里进进出出，还时常到我们吃饭的屋子里来取米取杯子之类。

二是请的客人很杂，有点不投机。一张桌上八个人，有市井俗人也有文人雅士，一桌男人却硬拉一位女士进来，一桌成人竟夹一个少年。说什么话都不太投机。

三是主人太热情，吃了饭还要硬拉大家却欣赏所谓美术作品，结果那些作品却粗糙得难以入目，很令人不爽。

请客吃饭不求高档，但总要有一个比较爽心的环境，是几个谈得来的人在一起，大家可以愉快地喝酒聊天，这样才好啊！

爬树自得

我小时候是个爬树能手。有一回，我爬了一棵枫树，其情景至今想起来还会后怕。

枫树一般都很高，若是被人修过枝的，那光光的树杆就有六七层楼房那么高，爬起来很消耗体力，但爬上去后，一人雄踞树顶，看着山下村子的袅袅炊烟，那种居高临下的满足感也常能令人陶醉。

在一条新开的沟渠边，有一堆鳄齿一般狰狞的乱石头，乱石中生长着一棵高大的枫树，我很早就想爬它一爬。大人们总告诫说："那棵树不要去爬，下面全是乱石，危险！"正因如此，我的好胜心才更激励我非爬上那棵树不可。爬呀爬呀，大约费了半个小时，好不容易爬上了顶端。我取下砍刀开始修枝，一棵棵枫树枝降落伞一般向地上落去，我遐想着骑在树枝上一起降落的风采。

修第四根树枝时，我用单脚踩在了一棵碗口般粗的枯枝上，凭经验，这么大的枯枝是不会轻易断掉的，但那棵枯枝却突然"咔嚓"一声齐根儿断落了。猛然间我两脚悬空，人往下掉，眼见一场惨祸就要发生。幸而我还机灵，双臂条件反射般一合抱，抱住了树身，惨祸避免了。我下滑了两尺多，肚子和手臂都被粗糙的树皮刮出了十多道血槽，周身都吓出了鸡皮疙瘩，砍刀也掉到树下去了。

很多年过去了，一想起这件事来还会后怕，并得出了一条属于自己的格言：对任何事物，如果轻易相信它表面透露出来的信息，是很容易使自己吃亏上当的。

宽窄之间

下午去幸福大道散步。绥阳县的幸福大道双向十车道，还有非机动车道和人行道，路幅宽70米，路基宽83米，是贵州所有县城标准最高，路幅最宽的大道，在全国的县城也很少见，可见其路是多么的宽坦。

走着走着，我想到了一个问题：路，需要这么宽坦么？

孔子的路并不宽坦，他在官场混不下夫了，只好带着弟子周游列国，挨冻受饿，被人驱赶，一路风尘，但却在跌跌撞撞中诞生了光芒四射的儒家思想，照彻中国几千年，甚至照彻了世界几千年。

中国共产党的路也并不宽坦，自1921年在南湖航船上诞生到1949年全国解放，是千千万万共产党人用鲜血和生命铺成了一条崎岖的道路。1949年以来，也迎战了数不清的风刀雪剑、火山地震，才到了今天。然而，却带领中国从一个积贫积弱的国家，变身为世界第二大经济体，令世界为之瞠目、举足轻重的泱泱大国。

当今的富二代、官二代们，脚下的路可谓宽坦了，但有几人走出了壮丽的人生呢？中国有句俗话，叫"富不过三代"，之所以被很多人认同，就可见宽坦之路上，未必能走成绚烂彩虹。

宽窄之间，到底是宽好还是窄好，本无定规，看的是怎么去把握。宽的把握好了，能使车速如飞；窄的把握好了，行在窄路之上，心有多宽，路就有多宽。

人的一生，可能有窄也有宽，只有路窄时把心放宽，路宽时小心行驶，才能行得万年船，人生多绚烂。

2012年11月

天下一皮

天下一皮

他生于公元838年，什么时候死的，弄不清楚。

他叫皮日休，自称皮子，别人也称他皮子，就像孔丘被称为孔子一样。他编的书叫《皮子文薮》，传了一千多年，还能读到，真够皮的。

他姓皮，人也很皮。你要不信，读读他的《咏螃蟹》，就会深信不疑。"未游沧海早知名，有骨还从肉上生。莫道无心畏雷电，海龙王处也横行。"看看，他就是敢到海龙王那儿去横行的一只螃蟹，还不皮吗？

他有个字，叫袭美，真逗。分明一个丑样，两只眼睛不一般高，左眼下塌得厉害，还袭美。他考了两回进士，第一回没考上，但他皮实，又去考第二次。主考官叫郑愚，其实一点儿不正，也不愚。他读了皮子的文章，眼睛一亮，心想："状元就是他了。这小子文章写得这么美，想必人也长得很美吧。何不叫来看看？"于是派人把皮日休叫来了。皮日休来了，那副面孔真的不敢恭维，像睁只眼闭只眼的皮小子。郑愚看了心里特不爽，挖苦说："你的文章写得美，有只眼睛却长得太对不起观众了！"这个话一出来，那个"特不爽"老兄就粘到皮日休身上了。皮日休那只塌眼跳了跳，然后毫不客气地一板砖拍过去："侍郎可千万不要因为我的一只眼睛对不起观众，而使你自己的两只眼睛都对不起观众啊！"郑愚没想到，这个丑螃蟹居然敢用板砖砸他的额头，心里窝了火，暗想："你小子等着，看我不掐死你！"就这样，放进士榜时，皮日休就变成皮孙山，压在了那张榜文的屁股上。这可好，以后当官就处处不顺，这是后话。你说说，他不皮么？

不过，他叫袭美也有道理，他心里确实美着哩。有一回，他在深山里看见一个黄发驼背的老奶奶正在拾橡子，他也是穷人出生，知道橡子没营养，不好吃，还要反复地几蒸几晒，麻烦死了；他也知道老奶奶之所以要拾橡子当口粮，是因为她家种的粮食都被官府小斗借出大斗收进给盘剥光了。他很不忍，回去就写了一首长长的《橡媪叹》，把老人的苦写出来了，把官府的贪也写出来了，写到结尾，他一个敢于"海龙王处也横行"的"螃蟹"也居然流出泪来。"吁嗟逢橡媪，不觉泪沾裳。"一个皮子，居然有一颗同情百姓的美好心灵，有一身侠骨柔情，凭这一点，他就当得起袭美二字。

他还有个字叫逸少，字面的意思，好像是个贪图享乐，整天斗鸡走狗的纨绔子弟。其实哩，他却是个刻苦读书，而且专读好书的学子，不然他能考上进士么？不信，读一读他的诗歌《读书》，就知道了。"家资是何物？积帙列梁栟。高斋晓开卷，独共圣人语。英贤虽异世，自古心相许。案头见蠹鱼，犹胜凡俦侣。"看看，他家里穷得只剩下一架一架堆上房梁的书了，他每天早晨起来就开始读书，开始跟圣贤对话，他甚至见到从书里爬出来的蠹鱼，都喜欢得不得了，胜过爱他的老婆。每年六月六，他老家襄阳的人都要把家里的东西弄出来晒晒，这可乐坏了富人，愁死了穷人。为什么？因为这是富人每年一次的炫富机会，却是穷人每年露穷的日子。皮日休看不惯富人们在那儿得意洋洋地炫富，皮劲一上来，就脱了上衣，光着肚子，仰躺在太阳底下晒起来。有人问："老皮，你晒啥呢？"老皮说："我这一肚皮的书，不晒晒，会发霉哩。"看看，这个逸少，皮吧？

他有个号，叫"醉吟先生"，还叫"醉生"，又叫"醉民"，意思很明白，就是个好饮贪杯的酒鬼。他的几百首诗中，十成里有一成是写酒的。读读他的《春日酒醒》，就知道他喝酒常常会喝成什么样子了。"四弦才罢醉蛮奴，醹醁余香在翠炉。夜半醒来红蜡短，一枝寒泪作珊瑚。"这就是他平日沉醉酒中的写照。他连病了也要狂饮哩："野客萧然访我家，霜威白菊两三花。子山病起无余事，只望蒲台酒一车。"看看，都成什么样子了。可千万不要把他看成真正的酒鬼，他醉态的表象，难掩他闪光的思想和敢于在"海龙王处也横行"的胆识。"尽道隋亡为此河，至今千里赖通波。若无水殿龙舟事，共禹论功不较多。"这首《汴河怀古》，敢于颠覆前人把修大运河归于隋亡的原因，说我们今天仍然依赖着大运河的运输哩，要不是隋炀帝太奢糜，搞什么二十万人的豪华水上游这些太不靠谱的事情，那可就是敢跟大禹治水相提并论的大功一件。看看，那见解，高不高？这还不算，还有更高的。他在《读〈司马法〉》里说，古人取天下依靠的是获得民心，现在取天下却是用千千万万老百姓的生命去拼才得来的；他在《原谤》里说："王天下，有不为尧舜之行者，则民扼其吭，捽其首，辱而逐之，折而族之，不为甚矣！"看看，他这不是在告诫皇帝么？你要是当了皇帝不像尧舜那样为老百姓谋利益，老百姓是会掐断你的脖子，敲碎你的脑袋的。所以，在晚唐时期，他的文章是最犀利的，他的犀利也影响了他的好友陆龟蒙，所以鲁迅这样称赞皮陆这对"死党"的小品文："没有忘记天下，正是一榻胡涂的泥塘里的光彩和锋铓。"这是多高的评价啊。其实，别看皮子好酒，他却不主张别人也好酒。他有篇劝自己的《酒箴》，文中，列举了路鄷舒、庆封、郑伯、栾高、卫侯等好饮误国的事例，笔锋直指统治集团的腐败、堕落和荒淫无耻，可见皮日休并不是什么醉士，而是关怀现实、保持清醒的醒士，他是在努力地用他的诗文济世救民、针砭时弊，唤起社会良知，其精神是多么值得敬仰啊。皮日休还是有名的书法家、画家、音乐家，要是他真是个醉生梦死人，会有这么大成就么，足可见，他的"醉"其实只是表象而已，而内心却是无比强大的。

后来，皮日休的皮玩大了，居然跟了那个写菊花诗的人。"待到秋来九月八，我花开后百花杀。冲天香阵透长安，满城尽带黄金甲。"那个狂人叫黄巢，他造了唐朝皇帝的反，很皮的皮子竟然跟了他，做了他的翰林学士，这回当真是"海龙王处也横行"了。这个皮子后来是怎么把自己玩死的，没有人知道，有人说他在那个狂人那里玩狂，被那个狂人杀了；有人说他敢跟皇帝玩对立，结果被皇帝杀了；也有人说他后来成了隐士，当了真正的逸少，最后老死了。大约也是因为皮得离了谱吧，《旧唐书》和《新唐书》都不认为他是乖孩子，所以不"传"他，使他的事被零星地散落在民间。好在他自己编了《皮子文薮》，保留了他的部分诗文，也好在清人不怕他皮，在编《全唐诗库》时，竟收了他的300多首诗，占了整整九卷，是《全唐诗库》900卷的百分之一。

哎，这个皮子，端的是天下一皮啊！

2015年10月19日

橄榄刘

因为一位全国著名寓言作家给她取了个妮称叫"橄榄",她又姓刘,还不愿别人宣扬她,所以我只好叫她"橄榄刘"了。

那位寓言作家揶揄说:"'与善人居,如入兰芷之室,久而不闻其香,则与之化矣。'此言差矣,'与橄榄居,久而愈闻其香',她是一颗耐嚼的'橄榄'。既已识人,理应亲近,然,我已决定:今后离她远点!否则,她的美德会将我的懒惰、冷漠反衬得一览无余。"

橄榄刘退休十年了。退休前是一家中央级出版社的文艺编辑室主任,退休后当上了一个国家级学术团体的副会长。

我是一个偏远省份偏远县的作者,却有幸与橄榄刘结成了朋友。那是2008年,橄榄刘在一个国家级学术团体任副秘书长,一次在浙江组织年会,她竟端坐在报到处,不厌其烦地登记、安排住宿、分发资料等等,每次用餐时都因她还在忙,所以总是吃在最后,让人看了敬佩与不忍。那位寓言作家说:"须知这打杂的,却是位编出许多巨著,堂堂中央级出版社文艺编辑室的'冒号',要是平时,我等小作者见她,还不得既'点头',且'哈腰'啊。"而参会的我等小鬼们,却在享受着橄榄刘无微不至的服务和关怀。而且我们还留下了合影,合影里的她,笑得真的很灿烂。会后，我们就有了密切的联系。而且，我的一本四十万字的寓言集，还是经她手编辑出版的。编那本书时，她无私地给我提了不少金点子，使我的书编得更好，而且还动手给我修改和校对达四次之多，四四一百六，为编我那本书，她可是熬干了许多汗水啊。后来，那本书能获得全国寓言创作最高奖的一等奖，还被那个国家级学术团体评为建国以来的三十五部寓言名著之一，与橄榄刘不计报酬的付出，和对新作者无微不至的关怀是分不开的。

我们的第二次见面是2010年在上海。那时我被县里派到上海学习，又恰逢我们那个全国学术团体的年会在上海召开，橄榄刘当然仍是那个"打杂的"。我请假去参加年会的时候，年会已经开了一天，橄榄刘见我迟到了，很热情地给我登记，找住处，领我到各分会场去转悠，还把朋友们送的书和礼物也给我留着一份。

2013年，我们县里请我给找一家靠得住的出版社和一位靠得住的编辑出版一套文丛，我因有橄榄刘做靠山，便拍着胸脯答应了。她为了给我们省钱，还舍近求远，从北京跑到天津找一家她的老关系给我们印书，结果当然是价廉物美的。这许多本书，她修改、校对文字，找美术编辑搞封面设计和装帧，甚至跑印刷厂，全包了。有一次她竟与她的一位朋友忙到了凌晨三点钟。有时为了把一个字弄准确，还通过网络和手机反复与我多次联系，也不知耗掉了她多少手机费，有时甚至我都有点不耐烦了，而她却仍然那么有精神，大有不把一个字弄清楚不罢休的崛劲儿。经过半年的劳累、折磨，那套丛书终于在橄榄刘的手里诞生，并飞到了两千公里远的我们的书房里。当年，那个国家级学术团体的年会又在浙江召开，她被选为副会长了。可是，一个六十多岁的人了，还是那么忙来忙去，连饭都总是吃在最后，谁也看不出她有一点儿副会长的样子。会后有的同志要自费去风景区旅游，这其中有不少是七八十岁的老人，橄榄刘虽然去过那风景区，但她仍然去了，她一会儿搀这个，一会儿扶那个，好像风景与她无关，好像她自己仍然是个二三十岁的小姑娘似的，那份热情，把初冬的寒气都化为了和煦的春风。

今年九月的一天，橄榄刘忽然打电话给我，说她从网上得知了我们这个偏远省份一位女诗人生肝病无钱医治，靠卖诗集筹钱治病的消息，决定给那女诗人捐几盒药，要我和她的另几位文友帮她联系和寻找那位女诗人。我想："几盒药能值几个钱，值得大老远地捐过来吗？"想是这么想，但还是给她找到了那位女诗人的手机号和QQ号砸过去。谁知几天后，橄榄刘竟弄了个自驾游小团体，开着两辆车，从两千公里外的北京赶到了我们这个"地无三里平"的峦荒之地，并把价值5000多元，从瑞典进口的四盒肝病干扰素送来，托朋友捐给了那位素不相识的女诗人。

橄榄刘，真是一枚耐嚼的橄榄，越嚼越有味。

请允许我透露一个小秘密，橄榄刘单名一个岚字。

2015年10月1日

绵绵师情
润无声

在我的学生生涯中，教育和关心我的老师有好几十位，但与我结下深厚情谊的并不多，我在读中等师范时的班主任兼教语文科的黄鹏先老师，是其中一位。

我是1980年考入绥阳县师范学校学习时得到黄鹏先老师教诲的。开学第二天，黄老师给我们出了一道作文题，要我们写一写踏进师范校门时的感受，我写了一首诗。作文本很快发下来了，批语是："作文水平较高，希多读多写，不断进步。建议将此诗外投。"看了这条批语，我心里十分激动。过了几天，黄老师把我叫到他家，拿出方格稿笺纸，要我把这首诗抄下来，由他给我推荐给有关报刊。后来这首诗虽然没有发表，而我的作文积极性却因此高涨起来，几乎一天一篇，有时甚至一天几篇地写，黄老师都认认真真不厌其烦地给我评改，并带我结识了县里有成就的诗人吴仲华。

为了让我很快掌握写文章的技巧，黄老师把他写的各种指导写作的文章拿给我誊抄，我在誊抄这些文章后，得到了很多启示，作文进步很快。

见我进步快，黄老师对我倍加喜欢，家里炖了猪脚，煮了鸡蛋，都催孩子来叫我去饱口福。其实，那时的黄老师家十分清苦。师母没有职业，孩子也才四五岁，有时连吃饭都很困难。当然吃猪脚、鸡蛋的次数是很稀罕的，我去吃着心里其实也很不是滋味。

为了给黄老师家多买些米补贴补贴，有一次我跟同寝室的同学们商量，将我们余剩的粮票集中拢来，去给黄老师家买大米。同学们全都响应，很快集中了面值百余斤的粮票和一些钱，由我们直接去直属仓库买米。那时的仓库很俏市，买米得搭百分之七十的杂粮，我们好说歹说，营业员也不卖净大米给我们。但我们想到黄老师家的困难，就七八人排成排，轮番跟营业员磨了整整三个小时，营业员总算金石为开，卖给了我们纯大米，我们高高兴兴地送到了黄老师家。

两年的师范生涯很快就过去了，我被分配到一个十分偏远的乡中学任了语文教师，但黄老师没有忘了我，经常来信指导我的教学工作和询问我的写作情况。不久，黄老师调到几百公里远的贵定师范学校去了，虽然隔得远，但书信却是牵连不断的。后来我还在他的鼓励下考入了大学。在大学期间，有一次我专程去看望他，正撞上他生病住院。见我去了，他的病仿佛一下子全好了，从医院里"逃"出来陪我逛街，整整留我住了一个星期，并给我讲了许多做学问的方法，临走还给了我车费。

我大学毕业后，又回到了绥阳，先是教书，后来成了报社编辑。这期间，黄老师还经常为我的作品写些评价性的文字，帮我成"名"成"家"。

现在，我有了几本书出版，已发表各类文学作品近200万字，这之中，不知耗费了黄老师多少心血。

1998年9月

师情悠悠

贵州省教育学院地理系主任、教授方嗣昭成为我的老师已经十二年了，尽管我已经离开他十年，但我们之间因共同发展贵州地理教学事业而结下的情谊却在不断加深。

我是1986年教师节那天进入贵州教育学院地理系学习的，比其他同学整整晚了十天入学，好在方教授还是收了我，使我心中充满了对他的感激。

使我们感情升华的媒介是谜语。我入学的第一天晚上，班上为庆祝教师节举办了晚会，晚会节目的编导们将方教授因教学需要编的一些地理谜语放在节目间隙进行竞猜，因我过去有一段时间曾酷爱谜语，所以这次晚会上的十多条谜语几乎是我在未加思索的情况下全部猜中的，这使我在方教授心目中更有了好感。后来，方教授为了提高我制谜和猜谜的水平，特意叫我在班上组织了一次地理谜会，并指定我编了许多地理谜语混在同学们选的谜语中供大家猜射，这给了我一个很好的锻炼机会。方教授看了我编的地理谜语很高兴，夸我功底不错，于是约我与他合作编著一本《地理谜语》，他说书店里能买到的中小学生有趣的地理课外读物太少了，我们应该做这方面的工作，为发展我国地理教学事业多作点儿贡献。方教授有许多重要科研论文要写，都在为学生们没有地理课外读物而操心，我还有什么可犹豫的呢，况且能跟教授合作也是一次难得的学习机会，于是我大胆地答应了下来，方教授便立即向有关出版社发出了出版申请。就在我快毕业的时候，收到了一家出版社的出版批复，于是我们开始了紧张的编著工作，每天早上八点到深夜十二点，除吃饭时间外，我全呆在方教授的办公室里，以方教授过去刻印的一个《地理谜语》小册子为起点编著起来，方教授在上课和行政工作之余，也来审稿和编谜语，到了星期六和星期天，方教授还把我叫到他家里边吃饭边讨论谜语，使我们之间的感情越来越深厚。这本长达19万字的《地理谜语》出版时，我已经毕业了，但我们之间还时常有书信往来。

1992年6月，方教授带学生到绥阳县双河溶洞区进行地理考察时，还带信叫我去与他一起进行了为期4天的考察，同吃一锅饭，同住一个帐篷。在考察期间，还叫我把正在进行的新教学法研究课题，介绍给他带来的50多名师生。在几天的考察中，方教授不仅传授了我许多生物学和地理学知识，而且再约我与他合作编著第二本书——《地理故事》。这本18万字的书已于1994年出版发行。

1993年暑假期间，省环保厅请方教授去赤水桫椤王国自然保护区考察，他叫司机把车多开了上百公里来到绥阳我家里，把我带上一同去考察了十多天。那些天，我们师生俩和两个向导，住的是莽莽苍苍的原始森林中的岩腔，喝的是山泉水，吃的是自己煮的饭和野菜。十多天过去了，我们师生二人同受风吹雨打，同受毒蛇猛兽的威胁，虽然全身伤痕累累，但我们的心贴得更近了。在这十多天中，我从已经五十多岁的方教授那儿，学到了许多新鲜知识和坚韧不拔的精神。

1994年后，我因工作需要调离了学校，虽不再从事地理教学，但我与方教授订下的为地理教学作贡献的目标并没有改变。这些年中，我在从事本职工作、文学创作的同时，在几家少儿报刊发表了不少地理知识科普童话。

1998年10月

　　1998年9月2日，曾荣获香港两届影后盛誉的著名影星袁咏仪，跟检查扶贫工程进展情况的国际慈善机构人员，来到诗乡绥阳深入生活。笔者有幸陪她到乡下采风。

　　袁咏仪没有化妆，一个普通的小发夹别着右太阳穴上方的头发，留两条齐胸的辫子，穿一件土黄色衬衣，和一条黑色喇叭裤，一双能在泥泞山路上行走的普通磨砂皮皮鞋，没有一点儿明星架子。刚到绥阳县城博雅招待所门口，街道上就走来一支迎亲的队伍，她立即跑到迎亲的队伍里，挨着新娘，请伙伴为她照起相来。饭后1时30分左右，我们一起乘车向茅垭镇中坪片区出发。这是一条坑凹不平、十分难行的乡间公路，吉普车时而被突然抛起，时而又被突然跌下，时而又左右摇摆，但袁咏仪没有表现出娇态，反而感到十分好玩，不停地问这问那。不足40公里路，吉普车竟开了两个多小时。

　　在那条百十米长的乡村小街——中坪街上下车时，天上下着小雨，老外和港姐们决定冒雨爬山去看工程建设情况。

　　刚下车，袁咏仪似乎不习惯走这样到处是泥泞的路，两脚一摆一摆看上去很滑稽，她一边走，一边逗街边妇女抱着的孩子或自己站在街沿的孩子们玩，问他们几岁啦，读书没有，吃不吃糖，还将随身带的糖果发给他们吃。有一个小女孩说她九岁了，袁咏仪想给她糖吃，可糖已经没有了，向同伴要，同伴也没有了。她说等会儿给她买。

开始爬坡了，本没有路的雨后山坡十分溜滑，她因为身体较瘦，爬起坡来还不十分吃力，可在几道上坎的地方，还是经人拉扯才上了去。好心的村民拿来雨伞，她也没有用。看了建水池的工地，该去看约两公里外正在建设的提灌站。领路的同志给她找来一根高过头一尺多的竹竿权作拄路棍，袁咏仪接过竹竿首先来了个漂亮的棍术动作。好不容易到了建提灌站的工地，她拍着正在筛砂的农民的肩膀连说辛苦辛苦，见了背砂的妇女，她也站着问声好，还用手提提妇女们背上的背篼，说声挺沉的哩。

在路上，我们曾碰到过几只闲逛的母鸡，她似乎没有见过鸡，十分害怕，吓得叫起来，赶紧往伙伴们的背后躲，逗得大家忍不住发笑。

一路上，她时而用流利的英语与来自澳大利亚的龙思高先生交谈，时而用粤语跟同来的其他香港伙伴交谈，时而用普通话跟我们交谈，显得十分活泼而潇洒。

看完工地回到中坪街上，尽管全身湿透的衣服可以拧得出水来，大家都忙着往吉普车里钻，可她竟没有忘了两小时前说过要给小女孩糖吃的小小诺言，特意在商店里买了好几斤水果糖，让街上避雨的农民和她们的孩子们分着吃。我用眼光搜索人群，却没有见着那个九岁的小女孩，不知道她吃没吃到这位大明星的糖果。

晚7时多，我们才饿着肚子回到博雅招待所，结束了一天的活动。9月3日晨，她跟她的伙伴们一起乘车返回了贵阳。

1998年9月3日

房东大娘

　　四年前，我因工作调动之故，进了县城，又因单位无住房，只好租一套旧民房暂住，于是便有了从陌生到亲近的房东大娘。

　　房东大娘六十多岁，退休工人，因年轻时操劳过度，背有些驼，还患有脑瘤、颈椎骨质增生、血管硬化等多种疾病。尽管如此，但她却一刻也不闲着，有时还边呻吟边操持家务，忙这忙那。

　　我整天只知道看书、爬格子，妻子不在家时，连饭也懒得做，连累着小女儿餐餐跟着我吃面条。每当这时，房东大娘总是做好饭菜叫我们过去吃，我不好意思去，她就盛着饭菜送到我家里来。她在饭店工作过，做的饭菜挺好吃。吃她的饭菜多了，妻子觉得过意不去，也常给买些营养品之类送去，可她在收下之后，随即又给我们买些水果，甚至孩子衣服之类送来，价值往往超过我们送去的东西。她每次从市里两个女儿家带回好吃的，也总要送给我们家一份。

　　上前年冬天，天上下着大雪，我们一家三口因急事一夜未归。这一夜，一壁之隔的房东大娘竟没能入睡，每隔二三十分钟，就到我家窗前窗后查上一遍，还要伸手摸摸门锁，生怕我们家被贼子偷了。其实，他们家围墙高，还有一条狼犬守护着小院，贼子根本进不来，我们的衣裤时常晾在院坝彻夜不收，也未见被偷窃过。

前年夏天，我住在乡下的父亲生了重病，我和妻赶回去照顾，一个多月的时间里，我年幼的女儿就完全是靠她看顾的：我女儿饿了她叫去吃饭；家里热水瓶空了，她给烧来灌得满满的；我女儿夜里睡觉，她也时不时用手电筒从窗户向里照照，发现女儿蹬翻了毛巾被，就用竹杆从窗口伸进去挑起毛巾被给我女儿盖好……事后，我们又买了些东西去感谢她，心想她这次给了我们家这么大的帮助，总该会收下吧，可收是收下了，但没过几天又被她变着法儿换了花样还回来了。

我家租住的是两间屋和这两间屋的楼，并不算窄，可房东大娘每年只收我家400元钱房租，明显低于市价。我们几次主动提出增加房租，都被她婉言拒绝了。她说："我多收你一二百元也富不起来。"其实，房东大娘家并不富裕，因她和老伴的单位已经解体消号，没有固定工资可领了。

我家搬家时，我跟妻子商量，这半年应该多给房东大娘100元的房租费，妻便硬将300元钱塞给了房东大娘。可才隔3天，房东大娘就和她老伴一起大老远地赶来，爬上五楼来到我家，给我家送来了布料和糖果。还说他家房屋光线不好，影响了我们看书、写文章，决不能多收我们的钱。房东大娘的话听得我们鼻子酸酸的，眼眶湿湿的。

与房东大娘相处四年，使我们懂得了什么是人间真情，学会了许多做人的道理。

1998年8月

　　我妻姚远萍，整天为我们这个家庭忙个不停。

　　我母亲去逝后，父亲又接连生了三年的病。那几年，她一直处于焦虑和劳累中。特别是1996年父亲去逝前的40天，更是把她拖得人都轻了好几斤。那40天，住在乡下的我的父亲瘫在床上起不来，她便一直守护在那里，不但要每天给他喂水喂食，给他洗气味特别难闻的脏衣服，还要接待前来探望的亲友，特别是要整夜整夜地守护在病床边，同时还要到处张罗着买棺木、缝寿衣寿鞋等，累得她像一只高速转动且无法停下来的陀螺一般。我的父亲去逝时，只有她一个人守在病床边。我们那里的规矩是，老人咽气时要把老人扶起来坐着咽气。于是她不顾一切，使出全身力气，把我父亲扶起来，我父亲便安祥地在她的扶持下去了另一个世界。我父亲去逝后，她因为长期睡眠不足导致神经衰弱，夜夜恶梦缠身，半年多才恢复元气。

　　我父母去逝后，几个妹妹的事就落到了我们肩上，特别是穷困多病的大妹和还未成家的小妹的事就更让她日日耽着一份心。2000年3月，我小妹和男友突然从远方打工回来，提出要马上结婚，这可急坏了她，于是她便忙这忙那地紧紧张张张罗起来。弹那五六床棉絮，她不但亲自去选上等的好棉花，而且还一直守着弹花店的人弹，生怕被别人弹了糟糕的夹心或是偷换了棉花。尽管家里还因购房欠着一笔钱，但她还是不惜举债给妹妹买嫁妆。锅碗瓢盆煤气罐，牙膏牙刷洗面奶，枕头枕心宽床单……总之，凡是近期要用的，今后要用的，无一不考虑得周周全全，在笔记本上都记了好多页哩。买完东西又安排做宴席，花了好多钱，忙了好多天，好多个晚上没有睡着觉。参加了小妹婚礼的亲朋好友都说，没想到这个没爹没妈的孩子的婚礼竟然办得风风光光的。小妹的婚事过后，她一松弛下来，便病倒了，还昏迷了两次，几个月才好完。2020年，我小妹又生了重病要住院动手术，她催着我一起冒着疫情的风险去看望了小妹，还动员我和我女儿，拿出一万二千元钱送给小妹治病。

我的大妹体弱多病，有一次她的腿肿了，从乡下来到县城住在我家治疗，那些天，她带着大妹多次进出医院，还送汤送水耐心地照料着，直到十多天后大妹的病痊愈后才把大妹送回去。2015年，大妹因肝管结石没有及时治疗，引起了其他器官的病变，到县城住院时，人只剩下六七十斤，连大妹的孩子们都认为大妹没治了，可送来县城后，她却坚定地说："一定能治好，如果没钱，我出！"她一边给大妹找最好的手术医生，一边买来价值数千元的虫草、燕窝，再买来乳鸽等营养品，熬粥给大妹送去，每天三次跑医院，硬生生把大妹从靠近阎王爷的地方拉了回来，直到两个月后病愈出院，如今快十年了，已近花甲的大妹仍然健康地生活着。

她的三妹在外打工不方便带孩子，女儿刚半岁就送到我们家叫她代养。为了照顾这个孩子，她有时连自己都照顾不了，还得了肩周炎，但她仍无怨无悔，对待这个孩子比对待自己的孩子还要尽心尽力。她有文学细胞，发表了好多作品。她天天给这个孩子讲童话故事、生活故事，读儿歌。这孩子才五岁时，听的故事和儿歌就已有好几千篇首了。这孩子在她的精心抚养下，智力发展超常，才刚刚五岁，已经可以口头编出好听的故事和押韵顺口且有意境的儿歌来，经整理后寄出去还发表了不少，并在七岁时就出版了一本童话儿歌合集《机器斑马》。但她因此有十年时间没有写过一篇作品。

三十多年来，我能在特别繁重的工作之余还能搞些创作，时不时地有些文字变成报刊上的铅字，在文学森林中日益长高，是因为她包揽了近乎百分之百的家务和百分之九十以上的"外交"事务啊！

2024年

1

我生于1963年，老家在当时的贵州省绥阳县新场公社天桥大队。我的家虽然离遵绥公路只有两公里左右，但出行仍然很不方便。

我们读书要去新场小学，距我家大约三公里，有两条路可去，一条得经过一座悬崖半腰的险道，那是一条水渠，得从窄窄的水渠边上过，抬头低头都是悬崖，而且走完这段险道后会经过一户人家的门前，那户人家又养了一条恶狗，所以我们很少走那条路。另一条路要翻越一座山垭口，山垭口上的路其实是些田坎，每到下雨时就溜滑无比。走这两条路都得过后水河，最早时河上只有一座摇摇晃晃的木板桥，每当涨洪水时就凶险万分，使我们去不了学校。到我读五年级时，木板桥被洪水冲毁了，几个大队才决定在那里修一座石拱桥，学校为了支持修桥，也发动我们做了一些力所能及的事情，记得我曾经亲手用竹子做了一把洗锅的刷把捐给建桥工地哩。

我是于1970年在新场小学发蒙读书的，那时我才6岁多，每天得在这条路上去去来来，若遇天雨路滑，常常会摔得一身是泥，有时还会摔到水田里，变成一只落汤鸡，到了冬天结冰的时候，还要提着一盆取暖的火，就更是艰难无比，常常把火盆摔翻在地，也把自己弄成一只花脸猫。

我是在新场小学戴帽中学读的初中。时间到了1977年，文化大革命结束了，我由初二进入初三了，学校要求我们晚上到学校补课，所以每天都得在这条路上走上两个来回，大约12公里路程。晚上时，我往往是一个人在这条路上摸黑行走。有一回，这条路上摔死了三个人，其中一个还是我的同班同学，我摸黑经过那里时正胆战心惊哩，却碰到一个不怀好意的人，倒背着一领蓑衣，突然从路坎下爬上路来，仿佛一个披头散发的恶鬼，吓得我三魂少了两魂半。

随着经济的发展，我老家到新场小学这段路，早已修成了一条可以并行三辆大货车的宽阔水泥大道，而且每个农户家都有了私家车，到学校上学的学生也总是车来车去，再也不会走溜滑、危险的山路了。

2

那时，我们烧煤也得到三公里外的遵绥公路边去挑，节假日我也会去挑煤，沉重的扁担总是压得我稚嫩的双肩又红又肿。一天，我正挑着煤从后水河的一道堤坎上经过时，忽然来了洪水，把我挑煤的桶连煤一起冲下了堤坎，幸而人没被冲下去，否则小小年纪就离开人世了。上公粮也得肩挑背驮四公里远，才能把粮食运到仓库去上交，为了赶早，我家往往不等天亮就出发。到两公里外的碾房去碾米，更得抽雨天或晚上肩挑背驮地把稻谷弄过去碾好后再弄回来，因为晴天和白天都忙不过来。雨天的路上一溜一滑，行走艰难，还得用塑料布把粮食盖好。我在雨天运稻谷去碾米时，就曾多次摔跤。夜晚去碾米，我的任务常常是负责提玻璃罩子煤油灯，一灯如豆，在路上晃来晃去，照着父母把稻谷弄到碾房去碾好后弄回来。由于时间太晚，瞌睡像垮山一样压来，好几次我走着走着就睡着了，一跤摔在地上，就把灯摔坏了，弄得父母只能摸黑驮运粮食。

从我们家到四面山赶集大约6公里，到蒲老场赶集大约10公里，也只能靠两条腿走路。我的父母经常背东西到这两个集市上去卖，得几个钱买些日用品回来供家用。有一回，我和一个小伙伴花了几个晚上到田间捉了些鳝鱼和螺狮到四面山去卖，心想得些钱补贴家用，谁知步行到四面山街上，摆着吆喝了一整天，也没人买，气得我们把螺狮和鳝鱼倒在街上，就无精打采地回来了。还有一回，是个寒冷的大冬天，我与母亲各背了一大背干猪草，踏雪步行到10公里远的蒲老场街上去卖，结果在街上站了一整天，冻得瑟瑟发抖，却连问问价格的人也没一个，只得又踏着积雪把干猪草背回来。真是又冷又饿又累。

现在好了，我的老家出门就是十多米宽的大公路，来往车辆川流不息，再也没有谁去挑煤，也再没有谁踏雪赶集了，出门坐车还得选好车坐哩。

3

1978年，我考入了县城的绥阳中学高中部学习。从我家到县城，即使走捷径，也有整整20公里路程。而且那段所谓的捷径，其实就是要翻越两座山的五公里狭窄山路才交遵绥公路，每遇下雨天，也到处是稀泥烂洞，溜滑无比。

那时，遵绥公路上虽然有公共汽车，但从遵义到绥阳，从绥阳到遵义的客运车每天只有两趟。车少人多，每趟车的车厢里就像插笋子一样拥挤，20多个座位的车常常载着五六十人，弄得每个站车的人下车时都脸色煞白，有的甚至大汗淋漓，蹲在路边恶心半天。车上的小偷也很多，稍不留意，兜里那点儿可怜的生活费就不见了。就是这样的车，由于时间和缺钱的关系，我能坐上的机会也少得可怜，常常是从家中扛着一袋米起身，要步行四五个小时才能赶到学校。每个周六，上完上午的课后，也要步行四五个小时才能回到家里。无论刮风下雨，落雪结冰，都得坚持。我那时因为生活条件差，身体瘦弱，又患着严重的神经衰弱症，常常连续多天晚上失眠，每周的这个来回就使我更是累得腿肚子转筋了。

　　无论是从家中到学校，还是从学校回家，都必须经过牛心山街上。街上有一条凶猛异常的大狼狗，总是睡在路边，见有人过，就会跑到过路人的腿边嗅一嗅，有时还会"汪汪"叫几声，吓得过路人战战兢兢，冷汗直冒。我每次经过时，也都总是提心吊胆，心里不住地祈祷老天保佑，不被狗咬。

　　我在绥阳县城读了两年高中，又读了两年师范，在这条路上不知走了多少个来回。总之，总里程加起来，大概可以从贵州走到哈尔滨了吧。

　　家住相对方便的遵绥公路边的我尚需长途走读，那些住在偏远乡镇的同学要到县城读书，一面就得走上百里路，甚至上百公里路，其艰难情景更是不可想像。

　　而现在我的家乡，已高速公路、二级公路、进村入户硬化公路组成的网络，各种各样的客运车随时都有，而且几乎家家户户都拥有了私家车，只要想出门，随时都有方便快捷的交通工具，谁也不再受出行之困了。

4

1982年，我师范毕业，分配到当时的黄枧区中坪乡五七中学任教。五七中学是一所初级中学，位于一座全年多数时间都云雾缭绕的高山上。

虽然有一条乡村公路通到这所学校，但由于那条路又陡又窄，还坑坑凹凹的，非常危险，曾发生过车辆冲下路边树林中的重大事故，所以往往一月两月都看不到一辆车开到学校附近。住在学校的老师们要到县城，也只能靠步行近两小时才能到达茅垭街上。

那时每天只有一趟客运大巴于早晨六点左右从茅垭街上开出，到绥阳、遵义转一圈，下午开回茅垭，除此而外，没有别的客运车辆了。因为发车太早，我总是没有机会赶上这趟车，所以主打只能是步行。

我的家在儒溪区高坊子乡天桥村，距五七中学有百里路程。我每个月都要回家去看望父母。该回家的日子到了，我上完周六半天的课，吃了饭就出发。从五七中学沿一条林间小路到茅垭，到黄鱼江，穿小峰坎隧道，到金承，到五三一，到蒲老场街上，到高坊子，到水泥厂，然后又拐上一条山间小路，才能到家，到家时往往已经是晚上十点钟左右了。在家里睡一觉后，第二天一早又要从家里出发，步行上百里赶到学校，再睡一觉后，上周一上午的课。两头的山间小路，每遇雨雪天也总是泥泞难行。有一个冬天放寒假时，天寒地冻，地上结了厚厚的冰，我一大早就出发，迎冰踏雪，从五七中学到茅垭，到黄鱼江，穿小峰坎隧道，到金承，为了去看望一位家住县城的同学，又从金承到县城，在县城歇一阵后，再从县城到牛心山，到蒲场街上，到高坊子，到水泥厂回家。虽然出发得早，但是到家已是深夜。由于步行这一百里实在太累，我为了解除长途步行的疲倦，学会了喝柜台酒，从学校出发前，先在学校附近的小酒厂喝一碗酒，然后在经过茅垭、黄鱼江、金承、五三一、蒲场街上、高坊子、水泥厂时，都要靠在柜台上买二两酒喝了，再继续赶路。从家里返回学校已是这样。有一次，我从家里返回五七中学，到茅垭时天已经黑尽了，还下着雨，又没有带手电筒，只能摸黑冒雨而行。山道泥泞，森林漆黑，步步惊心，一路摔着跟头，等到浑身是泥地走到学校时，已是深夜零点。

今天，从当年的五七中学原址到我的老家天桥，开私家车，也不过一小时左右的车程，而且公共客运车辆也很多，非常方便。

现在我们这里，铁公机打通了，高速公路四通八达，到高铁站和飞机场也不过一小时车程，真是太方便了。

5

这些年，我有时会出省去当评委，有时会出去旅游，如果是国内，无论去哪个省都能朝发夕至。

2014年11月，全国第二届大学生寓言大赛在浙江温州颁奖，我作为评委应邀参加颁奖仪式，举办方为我网上订购了贵阳至温州来回的飞机票。颁奖的前一天早上，我从绥阳县城坐公共汽车沿高速公路到遵义茅草铺车站，再坐公交车到狮子桥坐专车到贵阳机场，然后乘飞机到温州，又换温州国际机场的公共汽车到温州市区，再换乘市内公交到主办方订好的酒店，天还没黑哩。回来时也同样方便，朝发夕至。

2018年，我去广西旅游。晚上，用手机打顺风车到遵义南站乘晚上的火车，在卧铺上睡了一晚上，一觉醒来就到了南宁，然后坐地铁，坐公交，两天玩了好几个景点。玩了南宁，坐时速250公里的动车1小时就到了柳州，又在柳州玩了好几个景点。玩了柳州，又坐时速250公里的动车1小时到桂林。玩了桂林山水，坐时速250公里的动车，4小时就返回了遵义，再从遵义坐到绥阳客运站的车，1小时就到了绥阳县城的家中。其实，动车还不是最快的，我还曾经多次坐过时速350公里的高铁哩。

祖国的发展速度真快，中央电视台的新闻中说，将来，中国的高铁时速将达4000公里，从贵州到北京，不过半小时，比现在的飞机还要快几倍。我想，不久的将来，到全世界各国去旅游，就像在自己的县里转一转那么方便了。

2019年

我的通信故事

　　我出生于1963年，在我的青少年时代，人与人之间要通信，有时候是很难的。比如家里有急事，要告知远方的亲人，只有发电报、写信，或者直接去人通知几种选择。

　　我的外婆是1981年去世的，那时我正在绥阳师范读书，离家20公里，又没电话可打，家里只能请人走了几小时，到学校通知我回去。

　　1982年至1986年，我在偏远乡下教书时，学校没有电话，也没有哪个家庭有电话，个人更没有手机，与朋友有事要说，要么面对面，要么就得写信进行书面交流。我有一个朋友的家距我教书的学校有两三小时路程，但由于路程说远不远，说近不近，写了信也没法通过邮局投递，只能请人带去。但由于带信的人有的不自觉，往往会拆开信件阅读，真的很麻烦。于是我学会了写横卧的草书反字，接信的人只要拿着信纸，把正面对着光，再横过来从背面看，就会变成正字，读出通信的内容。可是，后来这办法也被带信的人发现了，信的内容依然会泄漏。我没办法，只得找来烟盒里面的锡铂纸，用铅笔轻轻以反字写在白纸的一面，这样对着光也看不出来，只能照在镜子里才能变成正字阅读。因为采用了这个办法，带信的人傻了眼，信件的内容才没有泄漏了，真跟搞地下工作一样。

124

1986年，我考取了贵州教育学院地理系，结果连学校寄来的录取通知书也不知被谁带到哪里去了，只听到有人在传说，说是我考上了贵州教育学院。我没办法，只得直接跑去贵州教育学院教导处，求爷爷，告奶奶，才补办了一张通知书，得以入学。入学后的第一学期，学校给我寄来的成绩通知单，也在邮路上给弄丢了，假期过后返回学校，多数同学说收到了成绩通知单，喜气洋洋，也有几个同学说没有收到成绩通知单，是因为他们原系职业中学考去的，需要交高费，但尚欠着，所以学校没给寄成绩通知单。我听了这个消息，也疑心把我打入职业中学考取者的行列了，因为我先前教书的中学也曾叫过职业中学，在我考取教育学院后，是县教育局出证明，说我教书的学校不属于职业中学，是作为待处理的。我心里万分焦急，只好趁办公室没有人，当了一回间谍，跑去寻找那些没有寄出的成绩通知单，结果找到了那些欠费同学的，没有找到我的，心里的一块石头才落了地，明白是邮路上给弄丢了。

　　在贵阳读成人大学的两年间，妻子带着孩子住在娘家乡下，那里离有邮局的旺草或茅垭都有两个多小时的山路，一般信件很难及时送达。我只好写给妻子在旺草中学读书的妹妹收转。这样，仅仅两百多公里的距离，一封信也要走一个多星期。有时人都回来了，信还没有收到哩。

　　现在好了，手机非常普及，可以打电话，可以发短信，可以聊QQ，也可以发微信，还可以视频，再也不用像过去那样写信、寄信，想尽办法防止内容泄漏了。解放七十年，我们国家，我们绥阳县这偏远的地方，通信都发生了革命性的巨大变化啊。

2019年

故事 我的投稿

爱好写作的人，都会去投稿。

我最早投稿是1980年读绥阳师范的时候，因为稿子质量差，屡投不中。1982年，我分配到了一间乡村中学任教，那间学校在山上，不通车，很少有邮递员去，所以投稿得走近两个小时到一个集镇上的邮局去投递。刚开始积极性很高，但投出去的稿件全都石沉大海，一封回信也没有收到过。后来我才明白，是因为编辑回信或退稿信没人管，丢在邮局里，被别人取走了。这使我很苦恼，于是就停止投稿了。

1988年，我从省教育学院毕业分配到儒溪中学任教后，通信条件好了些，又开始写作投稿了。但那时没有电脑，稿子得一个字一个字地写，还得多次在稿子上修改，把稿子弄得很乱，除了自己，谁也看不明白。写完稿子还要一份一份地抄，而且不能用复写纸复写，因为怕编辑认为是一稿多投。别说写了，一天就是抄一万字，也能把手指抄肿。所以写稿、投稿的速度很慢很慢。

1994年，我调到绥阳报社工作，报社的记者太少，我们为了完成任务，往往得一天采写几篇稿子，同时还要把采写的稿子抄好投给上级报刊刊载，加大对绥阳的宣传力度。写啊抄啊，每年要写几百篇稿子，抄几百篇稿子，经常都要弄到深夜才休息，连星期六、星期天也基本没有休息过，都在写稿、抄稿。

1997年，绥阳的作者开始换笔了，就是改用笔写作为用电脑写作了。我也在那一年买了电脑，但那时没有网络，稿件写好后，只能用打印机打出来，再装入信封里投出去。这样操作减轻了许多负担，但因为投稿数量增加了，所以每个月的耗材和投递费用也几乎与我的工资相当了，实在令我难以承受。后来有了电子邮箱，有的报刊改收电子稿了，有的还用老一套，只收手写稿和打印稿，所以得分两种方式投稿，投稿的成本才渐渐降下来。

后来，外面的报刊普遍使用电子邮箱收稿，有的还开始使用QQ收稿，装信封贴邮票的投稿方式就渐渐远去了。

现在更是方便了，一本书在电脑上编，只要有电子稿，很快就能编好，而且只要花几秒钟的时间就能把稿子投出去，而且除了低廉的网络费，不会多花一分钱。所以，我近些年一是降低了投稿成本，二是提高了投稿速度，所以发的稿子多了，收入自然也就多了，还减轻了很多劳动负担。而且就是出外旅游，也能在手机上处理稿件，不会耽误事情。与编辑联系、交流也非常方便，所以常常有编辑直接向我约书稿或散稿哩。

解放七十年变化真大，人们的生活和工作方式都发生了革命性的改变，现在我是一天也离不开电脑和网络了。

2019年

我于上世纪60年代初生在绥阳乡下，早在读中学时就渴望成为一名写手，所以一直都在向着这个目标努力。

如果单单是写小说、诗歌等文学作品，不需要查太多的资料，在哪儿都能写出来，可偏偏我很随意，想写什么就写什么，要是遇到写一些带学术性、知识性的文章就麻烦了，因为那需要查阅大量的资料，而在乡间教书的我，上哪儿去查阅资料啊，所以只能购买图书、订阅报刊，可凭个人的力量，要做好很不容易，到查阅资料时，就恨自己掌握的资料太少了。而且报刊上的资料，也不易保存和查阅，为了查阅方便，我只能将一些有价值的资料剪贴在纸上装订成册，或抄在本子上，或抄在卡片上，但用起来很不方便。加上没有电脑，搜集这些资料非常花时间和精力，许多美好的时光就被挤占了。

后来有了电脑，但没有网络，可以把那些资料录入电脑，但也需要大量的时间去录入，依然够麻烦。

后来有了网络，渐渐地又有了网络图书馆，就再也不用搞剪贴、抄卡片，或用打字的方法录入电脑了。

有了网络，真是太方便了。一般的普通资料，抓一两个关键词，百度一下、360一下，就可以查到；更准确的资料，可以进入到各地的电子图书馆，或学术搜索中去，输入一两个关键词，就能查到很多资料。

这些年，我为绥阳县政协编写了几本厚厚的文史图书，就完全得益于网上图书馆。比如写《南宋名贤冉琎冉璞全书》时，只能在《遵义府志》《绥阳县志》等书中查到几百字的资料，而有了网上图书馆，我就能不断拓展，得心应手地查到更多资料，最终使这本厚厚的图书得以顺利完成，使其成为研究冉琎冉璞的第一本专著，为县里开发运用"二冉文化"，助推旅游发展奠定了基础。比如写《晚清通儒雷廷珍》一书时，要是在过去，也无非只能从相关志书上找到几百字的记载而已，怎么也写不成一本数十万字的图书，但因为有了网上图书馆，我一进入就查阅到了雷廷珍一生的行迹，写出了6万多字的《雷廷珍本传》，又查阅到他的图书藏在什么图书馆，追踪溯源就找到了他的著作。要给他的著作标点、翻译非常难，因为他的书中引用了大量古籍及其中的内容，又没有注明，连书名号都没有，要想识别出来，只能靠网上图书馆，否则很难做到，要放在过去，我只能两眼一摸黑，没能力完成，现在有了网络，就等于拥有了全国各地的图书馆，里面浩如烟海的图书资料可供你任意查阅，而且只要输入几个关键词就能瞬间搜索到答案，查阅到的资料也可以很方便地复制下来，成百上千倍地提高了写作效率。当然，网络也不是万能的，有些地方文史资料网上未必就有，但只要有图书，提取资料也很方便，比如用手机照下来，再通过传图识字类软件，就可以把照片上的文字快捷地转变成电子档，连字都不用打，就完成了转换，真是方便得很。

就因为站在网络的"肩膀"上，所以我的写作能力得到了飞速的提高，才能在较短时间内完成一本一本动不动数十万字的著作，成为写作达人。

我平时喜欢买书，只要自己喜欢的书就买，把屋子塞得满满的。可是真到用时，却觉得与自己喜欢的"绥阳文史"这个写作方向不对路，原因是与绥阳相关的古今图书资料，绝大多数在市面上根本就买不到，使我所掌握的与绥阳相关的古今图书资料太少，到了运用时就显得捉襟见肘了。

2018年，我作出一个决定，办一个属于自己的小小图书室，专门收藏与绥阳相关的图书，这个决定作出后，网络成了我最好的助手。我天天有事没事就在网上搜寻，功夫不负有心人，一本一本非常珍贵稀有的图书被我搜着并买了回来。

比如古代图书中，就有绥阳进士张昭的《二铭窗文稿》，绥阳县令李铠的《读书杂述》，乾隆《绥阳志》手抄本复制件，民国石印本《绥阳县志》复制件等等。有的图书还没有在任何古籍中有过记载哩，比如署名"古播洋川王纶德合斋考订"的《书经正文》光绪六年版和民国五年版，署名"古播绥邑王篇象南考订"的《凤仪书经旁音正文》光绪三十四年版，署名"黔绥韩孔泽竹溪甫校字"的《铜板诗经正句》光绪丁亥年版，署名"绥邑韩孔泽竹溪甫校字"的《易经正文》等，经多方查证，作者王纶德、王篇、韩孔泽均为绥阳清代人。像这样的图书大约搜到了20多本。有些图书，虽然是解放后出版的，但已经过去五六十年，在市面上也已经绝迹，如1960年出版的《绥阳十年》，1965年出版的《谁杀害了我的一家》等等。还有报纸，如1949年11月26日登载了绥阳解放消息的《光明日报》等等。如今，我已经拥有了几千种与绥阳相关的图书资料，使我写起绥阳题材的文史图书时，资料更加丰富，更加得心应手。

正是万能的网络，助我成了绥阳文史资料收藏的达人。

但归根结底，还是因为有共产党的领导，使国家富强、科技进步，边远的山乡搭上了祖国发展顺风车的结果啊。

2019年

看电影

二十世纪七十年代，电视没有抵达我的乡下老家，看电影是十分稀罕的事。

那时节，放电影多是在小学进行。放学时校长集合通知，说晚上有电影看，于是我们兴高采烈地背着书包回家，饭后或放牛或割草或打柴，匆匆做一些事，待天黑下来，便心急火燎地随着人流，或打火把或打电筒，往两三公里外的学校赶去。

看电影的人特别多，操场上里三层外三层，像插笋子。孩子们跳起脚来也看不着，只好钻到幕布后面去看反电影。这时候往往要先放一部不长的纪录片，我们看不懂，盼着早点放正片，可大队的头头们却还要讲话，因为放这场电影的目的便是借此部署秋粮入库、冬修水利等工作，等他们讲完话也是九点钟左右了，这才开始放正片。倘是冬天，天上飘着雪花，一团白气从你的口中哈出，又被别人的鼻孔吸进去，一个个早已冻得牙齿敲得"嘣嘣"响，可却没有人愿意提前离开。那时候的电影片不多，就是几部传统片翻来覆去地放，我们看得最多的是《奇袭》《地道战》《地雷战》《南征北战》《渡江侦察记》等几部，每部大约看了十多次，里面的每一个细节到现在都能说得出来。

因为机器很老旧，所以总出故障，不是发电机发电中断，就是烧了片。一部影片看下来，不说换片，就是故障也要中断四五次。还有把片接倒了接反了的时候，总之有时候死了的人会把身子挺起来重新战斗，有时候天空和大地会来个倒转乾坤，飞机会肚皮朝上向上投炸弹。但尽管这样，我们看着仍有很高的兴致，有时甚至觉得特好玩。

我们生产队也放过几场电影。白天，队里派成分不好的人去十多公里外的电影院接放影员和搬运机器。放影员还在装机器、倒片时，孩子们便猴急急地围着放影员转。到了晚上，除本队的人外，十里八里的人也赶来了。这个队放了电影，也有别的队要跟着放的，尽管放的影片往往一样，但人们也要不辞辛劳地撵去看，人人都要激动好几天。有瘾大的，顾不得天雨路滑，一直要赶十多里路远。

距我老家十多里远的地方有几家国营工厂，有时候也放电影，我们那里的影迷们也经常黑更半夜地撵去看。有一次放《卖花姑娘》，由于人太多，疏散不及，还发生了踩死人的事情。

改革开放二十多年后，小山村绝大多数人家都买了电视机，许多地方都有了卫星电视地面接收站，有的一户人家花千多元钱就建起一个家庭接收站，能收到十多个台的电视节目，能看到许多影片。我的家乡开通了加密电视，人们坐在家里，就能收看到电影台的节目。还有致富后的农家，不但自家买了影碟机，随时可以看自己想看的影片，而且嫁女儿也时兴陪嫁影碟机，让刚组建的新家庭能坐在家里过足电影瘾。

后来，有的人家还买了多媒体电脑，不但可以播放普通影碟，还可以随时从网上下载最新最火的影片到电脑的硬盘里，慢慢欣赏。

现在，人们拿着一部手机，便随时随地都能看电影了。

遭遇雷击

　　那时我在一间建在高山上的乡中学教书，学校离公路有十多公里的毛狗路。校舍很简陋，教室是砖木结构的瓦房，没有办公室，教师宿舍是几间旧木房。每到夜深人静时总会听到一些奇怪的响声，不知是老鼠还是风弄出来的。有时还会听到夜鸟凄厉的鸣叫。

　　那夜，一个同学来向我问作业。因为那时没有电，煤油也很紧俏，所以我点着昏黄的菜油灯。为了把题给他讲得更清楚明白，我特意将小黑板挂在窗下，用粉笔在小黑板上演算给他看。在那间几平方米的小木屋里，他只能坐在我的床上，而我只能靠窗站着给我讲。响雷一个一个传来。那时的我并不怕打雷，山里长大的人冒着雷雨在野地里傻跑是家常便饭。可那雷打着打着，就跟平时的雷声很异样了，夹杂着尖厉刺耳的声音，令人十分恐怖。这种恐怖的声音响了几分钟后，突然天崩地裂一声巨响，一股声浪仿佛将房屋翻了个个儿。我的整个身子被震得弹起来，"啪"一声射到了床上。"完了！"一个不祥的声音在我脑中响起。还好，等我回过神来一掐大腿，生疼——居然还活着。

　　灯熄了，雷继续打着。我用一只手紧紧搂着同学，用另一只手摸着黑将房中我认为可能引起雷击的收音机、手电筒之类通通扔到门外，然后闩紧房门，搂抱着吓得瑟瑟发抖的同学。雷整整响了两个多小时才渐渐停息下来。我重新点上灯，开门一看，窗下那块近两个平方米，厚约五寸的大石板已被炸雷击得粉碎，而那块大石离我给同学讲作业时站立的位置仅隔一层半寸厚的木板壁。见到大石板被击碎那一刻，我的双腿突然软了下来，感到了真正的恐怖，领略了"死"的滋味。但我很快镇定下来，继续站到黑板前，把未讲完的题给同学详细地讲完，然后找出手电筒，踏着泥泞将同学送回了家。

第二天天亮一看，校园里还有一棵合抱粗细的老柳树也被炸雷撕扯得粉身碎骨。

1999年4月

夜行记得

　　我的一生中，夜行的次数是难以记清的，但其中许多次的夜行我都是有所得的，这"得"并非指钱财而言，其所得的是智慧、毅力、胆量和美德。

　　一九七七年，我十三岁，正在上初三。校长和老师为了把我们在文革中耽误的时间补一些回来，决定上夜课。我家离学校将近三公里，又是乡间小路，而且没有人与我同路，但无论是刮风下雨，乡路溜滑，我仍然坚持去上课。农村的孩子走惯了山路，尽管无星无月，脚下溜滑，也不用打手电筒。有一次，半路上有三个人触电死了，令人很恐怖，但我仍然壮着胆从那里走了回来；还有一次，是个雨天，当我走到一个沟坎时，沟坎下突然冒出一个黑影站到了我面前，我的心吓得抖了起来，想："定然是遇到鬼了！"其实哩，是有人故意吓我。在这一年的夜行锻练中，我的胆子逐渐大起来，使我在后来的人生历程中获益非浅。

　　我刚参加工作时，是在一所偏远的高山上的中学当老师，那里离公路也有十公里山路，要走这段山路，还得时常在密林中穿行。由于公共汽车误时等，常会给我造成夜行的考验。有一次，我从乡里领了我们全校八位老师的工资返校时，已经是凌晨二时左右了。怀里揣着那么多的钱，最怕遇上劫贼，于是我把外衣脱下来，在下衣袋中揣上一块有棱有角的石头，并用手提着衣领，心想，这不是一件挺厉害又挺趁手的武器——链子锤么？提着这个"链子锤"，我的胆子壮了，趁着月光，大步穿行于林中小路上。

还有一次，我从县城乘车返回学校，下车后天已经快黑了。与我同时下车的还有一位超四川口音且拄着双拐的残腿青年，他是远道而来寻亲的。经我询问，知他的那家亲戚的家和我教书的学校，与车站大约成一个等边三角形。我决定趁夜色送他去亲戚家，于是我帮他背了行李，打着电筒，开始了漫长的步行。我们边走边谈，谈理想，谈追求，谈学问，他是一个身残志坚的好青年，与他的一次夜行，使我对人生有了更透彻的理解，也更增添了我战胜一切困难的勇气。

感谢夜行，因为在无数次的夜行中，我得到了很多平时得不到的东西。

1999年元月

好不容易得到一天休假，我和妻决定带读初一的女儿去郊游一次，同去的还有女儿的几个同学。我们在山坡上的草坪上坐下来，欣赏着县城全境。正在我们心旷神怡时，忽听女儿的一位同学惊叫着哭了起来，原来她的一根小手指被一丝草叶划了一道小口子，冒出了血珠珠。她一边哭一边催促我们快带她回去上药，也免得了破伤风。看着这些娇贵的城里娃娃，我给他们讲起了割草的故事。

我是六七岁时就开始割草生涯的。每年的夏秋两季是割草的旺季，我们那里的孩子们每天除中午到学校念书外，早晨和下午都得割一背或一担草。早晨的草须在九点以前割回家来，否则赶到学校读书就要迟到了。

磨刀不误割草功，割草的第一关应是磨刀。我们有时晚上磨刀，为了保证整个割草过程都能用上快刀，得磨两三把。由于白天太劳累，晚上磨刀时总难打起精神来，磨着磨着瞌睡就来了，但还得坚持磨，直到磨完为止，不然会误了第二天的割草任务。有时我们也在早晨磨刀，但那要起得特别早，东方天际刚开始发白，"嚯嚯"的磨刀声就要响起来，不然上山晚了，太阳一来人便没了精神，草也仿佛藏起来了似的，叫你越割越不耐烦。倘是下午割草，也得找背荫的地方去割，不然眼里只能看到那些在阳光下萎蔫了的卷叶草，你会更加打不起精神来。雨天虽然常把我们淋得落汤鸡似的，但我们全都喜欢在雨天割草，因为所有的草在雨天都显得特别茂盛，人也有精神，割草当然要快得多了，不多一会儿就可以割上一担，挑回家少说也有上百斤。

那时节我们割草都是要过秤的，每250斤就可顶大人的一个工天，这也是我们为家里积累工分的一个途径，可那时一个工天只值一角多钱啊！

蜂和蛇是割草时常遇到的危险动物。

单说蜂吧，爱在草丛里做巢的有狗屎蜂、长脚佬和地马蜂。狗屎蜂个小，蜇一下也不见得厉害，但若是蜇在脸上也得肿起一大块。长脚佬比狗屎蜂要厉害些，假若你无意中碰到它，就会在你还不知道的情况下爬在你的头上身上乱蜇，我可是吃过长脚佬的好几次苦头。这种蜂蜇了后，你会好几天都疼，蜇在脸上会肿得眼睛都睁不开。不过我们也有土办法医治，或涂上些人奶，或到水田里摘些剪刀菜搓出汁液来涂抹，但也要好几天才能痊愈。最厉害的是地马蜂，这种蜂蜇了人，搞不好要了你的小命去。有一次，我割草时看见一丛特别旺盛的草，欣喜地跑过去，可刚割得半把，"嗡"的便飞起一群地马蜂来。幸而这时我已有了对付地马蜂的经验，当即原地爬倒不动，所以只在爬倒时被蜂们蜇了一下后便没有再被蜇。但就这一下，也使我在家里躺了好几天，至今想起来还心有余悸。若是那时没有经验，掉头就跑，便会被蜂群追上狠蜇，或许就没有我的小命在了。

割草也常常会碰到蛇，在我的割草生涯中就碰到过好几次。有一次，我用刀削草时，无意中将一条拇指粗的毒蛇削成了两截。还有一次，我用左手抓草时，竟抓到了一条草青色的蛇身上，吓得我妈呀一声把蛇甩出了老远。再有一次，我在将过完秤的草往牛栏里抛甩时，竟从我的草背篼里爬出一条巨毒的五步蛇来，吓得我倒吸了一口冷气。

一季草割下来，我们的两只手掌上总有数百道大大小小的口子，层层叠叠，数也数不清。有的已经好了，有的还是新伤。有的是锋利的草叶割的，有的是荆棘给刺的，有的却是刀伤，一坐下来总是麻痒痒地痛。好在农家的孩子并不娇贵，也没见医治、涂药，还整天坚持着干这样那样的活儿，仅管有时会疼得啮牙裂嘴，也不轻易耽误割草。

听了割草的故事，女儿和她的同学们沉默着，那个被划伤手指的同学也不再哭泣。

后来的一个暑假，女儿还主动要求到乡下她大姨妈家去劳动锻炼了一个月，同时也尝到了割草的滋味，她回来时，手上也布满了小伤口。我对此感到有些儿欣慰。

1998年10月27日

那棵构树

　　离开第二故乡很多年了，自从离开之日起，我还没有回去过。那天，我站在阳台上，看着园林工人们不知从哪儿运来一批碗口粗的构树，要栽在厂区内。见了构树，我急忙奔下阳台，向工人们问起关于构树的这这那那来。他们说，构树是喜光植物，适应性强而耐烟尘，是最适合做工矿区绿化树的树种之一。

　　见了厂区的构树，使我深深地怀念起我的第二故乡那棵大构树来。于是，我便决定返乡一次，去看看那棵给予了我们一家人很多很多的大构树。那是二十世纪七十年代，中国大地正在遭受一场空前的大浩劫，我的父亲也因了这场大浩劫的缘故，不得不带着我们，举家从一个集镇上搬至一个高山村里定居。

　　刚搬来那会儿，我们租住在一位孤寡老人的两间四面见天、不挡风雨的木房子里。房子的后面有一丛石旮旯，石旮旯中长着些竹子和一棵大构树，有大人一抱多粗，十五六米高。刚搬来时，我们没有口粮，吃饭成了大问题，而且又是举目无亲，真是要多艰难有多艰难。父亲和母亲想尽了千方百计，也只能满足我们一家八口人每人每餐分吃一小碗杂粮做的饭，而且吃了上顿还没有下顿。就这样我们忍饥挨饿度过了第一个冬天。到了第二年初夏，新庄稼才种上，父母能想的办法都想到了，日子更难熬了。恰在这无计可施的时候，房后的那棵大构树开花了。看着那棵大构树开出的柔荑一般垂挂的花——因那花垂挂着，像垂柳的叶，所以我们叫它构柳——母亲瘦黄的脸上绽开了一丝不易见到的笑容。"有救了！我们有救了！！"母亲一边叫一边指挥我们这些猴精一般的娃娃们爬上大构树去摘构柳。我们得了母亲的指令，手脚并用地爬上去，骑在树枝上摘起构柳来，近的伸手便摘了来，远的则用钩子钩过来摘。摘了一会儿，母亲便命令我们不许再摘了。母亲将我们摘来的构柳洗净后，揉上些米面，上在甑子上蒸起来。一会儿，构柳的清香气溢满了屋子，引得我们馋涎都淌了出来。有了构柳饭，我们总算饱餐了一顿。就这样我们天天吃构柳饭度日。过了十多天，母亲说："把构柳都摘下来吧，否则再过几天就不能吃了。"于是我们摘下所有的构柳交给母亲腌了慢慢吃。那年的饥荒终于度过来了。后来，生活好了些，母亲为让我们记住那段艰难的日子，在每年初夏都要叫我们摘些构柳来，做餐构柳饭吃。虽然这时候已经感觉不到度饥荒时构柳饭对我们那种巨大的诱惑力，而且感觉吃起来有些苦涩，但我们仍吃得有滋有味，并时时在心里念叨："感谢你，构柳饭！"

玩陀螺是我们那时最好的游戏之一，而要尽兴地玩好陀螺，又非得有构皮不可。陀螺这东西形状略似海螺，是用木头削制的，玩时用鞭子缠绕，用力拉扯鞭子，陀螺就能直立旋转，若要让陀螺不倒地"死"去，你就得不停地用鞭子抽它。而做这种鞭子最好的材料就是构皮。因为用其他材料做的鞭子往往太粗、太细、太重、太轻或太干燥、太不灵便，抽起陀螺来"死"得快，不过瘾，都不如构皮做的好。所以，到了每年玩陀螺潮起的时候，我们就爬上大构树去削几支生病生虫的小枝下来，剥下皮做成鞭子玩抽陀螺的游戏，使我们玩得非常尽兴。

有一年，生产队有几块田的稻秧生病了，秧叶枯黄枯黄的。生产队长心里着急，就召集社员们开会想办法给稻秧治病。父亲开会回来后什么也没说，只是召集我们几兄妹爬上大构树去摘树叶。树叶摘下来后，父亲领着我们把树叶放到碓窝里舂，舂一会又用水滤一次，将滤的构叶水装起来，这样反复舂了好几次，滤了好几次，用完了摘下来的全部树叶。然后将构叶水挑到田间洒到了枯黄的稻秧上。过了几天，枯黄的稻秧就渐渐转青了。我好奇地问父亲："构树叶还能治稻秧的病？"父亲笑着说："它还能喂猪哩。"

这棵构树原本是基部分叉的两棵树，只是在我家还没有搬来时，不知被谁砍掉了一棵。那一年冬天，正是寒风凛冽的时候，数不清的菌子从那棵腐树桩上伸出了一支支白中带褐的"耳朵"。母亲指挥我们将这些菌子捡回来，做成了菌子汤。那菌子汤真是要有多鲜就有多鲜，要有多香就有多香。连好几家邻居都来向我母亲要菌子汤喝哩。后来我读了些书才知道，这就是很珍贵的野生菌种——构菌。那以后我们年年都能吃上这种珍贵的构菌，给我们原本困苦的生活增添了许多温馨。

稍长，父亲便教我们练习武术，而那棵大构树则成了我们练习攀爬的理想场所，我们每天都要在大构树上爬上爬下地练习十次八次哩。同时，它的粗大的枝还为我们悬吊了百十斤重的五六个沙袋，供我们练习拳击用。可以说，我们几兄妹能有强健的体格，那棵大构树是为我们奉献得太多太多了。后来，我们举家迁到了城里。临别时，我们全家坐在大构树下照了一张全家福，并挥泪向构树行了注目礼。

很多年了，我的大构树还健康地生长着吗？带着这个疑问，下车后我风尘仆仆地步行了两个小时赶回了那座已在风雨中朽坏，到处长满苔痕的老屋处。"大构树呢？大构树哪儿去了？！"我急切地奔到了大构树生长的地方，而我见到的只有地上一个长满杂草的土坑。我在这个土坑旁呆立了好久好久，让那儿时经历的一幕幕在我大脑的屏幕上播映了一遍。

然后我到了已在山里扎根的大姐家。大姐告诉我说，有一年，一个纸厂的采购员进山来收购构皮做造纸原料，那棵大构树就被一个贫穷的乡亲砍倒了剥了皮卖给了那个采购员。那个贫穷的乡亲见构树桩能生菌子，又将那树桩也挖回了家。可怪的是，他挖回去的构树桩再也没有生出菌子来。没过多久，那个贫穷的乡亲家死了一个老人，就将被剥了皮的大构树做了棺材板，盛了那老人埋到了地下，那个大疙蔸也被那些给老人做法事的道士们烧火烤了。

听了构树的结局，我的心沉重得像坠了一块大大的铅块。返回城里后，我每天都站在阳台上看那些绿化树，脑海中却总是翻腾出那棵大构树的情景来。

2000年

卧听滴雨声

微云淡河汉，疏雨滴梧桐。卧听滴雨声，我听出几幅画面来。

那年我尚小，小得还不到家里那张破旧的八仙桌那么高。时间是春末夏初，好久没有下雨了，到了栽稻秧的季节，却天天都是明晃晃的太阳。靠天吃饭的庄稼人没水打田，全都望着天上的太阳干着急。那晚刚过半夜，忽然轰隆隆打起雷来，接着"哗啦哗啦"下起了瓢泼大雨。我被闪电和雷声惊醒，吓得把头缩进被窝里不敢伸出来。却听见父亲"悉悉索索"地摸黑起了床，然后点燃可以防风防雨的四方玻璃灯，戴上斗笠，披着蓑衣就开门出去了。他开门的那一瞬，风从门口带进一些小雨珠来。"他爸，你去哪？"是母亲在问。"我去抢水打田，这时候不把田犁了，等会儿水流走了，或者浸到了地下，又打不起田哩。"父亲边回答边去开牛圈门。第二天早晨，风停了，雨住了，我从床上爬起来，开门一看，屋檐还在有一滴没一滴地往下滴水，牛圈里的黄牛身上也在有一滴没一滴地往下滴水。踏着泥泞到田地边去玩，见我家的田早已犁过，白汪汪的田水满满荡荡的，能模糊地照见我的影子。父亲还披着蓑衣、戴着斗笠，在用耙梳抓起稀泥来糊田坎，那是在做防漏水的工作哩。父亲的斗笠和蓑衣上也在有一滴没一滴地往下滴着水。

那年我初中毕业正等高中录取通知书哩。那时我家离公里有两公里远，煤炭拉回来，得到公路边去一担担挑回来。那天，我随父亲冒着小雨去挑煤了。挑着煤回来得经过一道堤坎，我正挑着煤从堤坎上过，无巧不巧地，上游的洪水恰在这时漫上了堤坎。洪水把我的煤筐一冲，就从堤坎上冲了下去，我也被那水冲到了堤坎下的深水里。父亲见我被冲走了，也顾不得自己不会水，来不及脱衣服，就"扑通"一声扎进河里去救我。父亲跳进水里，像称砣一样往下掉。幸好我的水性不赖，回过身来把父亲推到了岸边。回到岸上，父亲浑身的水"哗哗"地流了老半天。

那年母亲已经去世，妹妹们也都纷纷成家，我也在城里工作了多年，父亲孤零零地成了留守老人。那是一个被雨淋湿了的中秋节，我带着妻子和女儿，从城里乘车回家去看父亲。公共汽车快到去我家那个岔路口了，听着打在车窗上"唰唰"响的雨滴，我正为没带雨具发愁哩。忽然我看见了路边有个熟悉的身影：他右手打着一把伞，左手抱着两把伞。那正是我的父亲。车一停，父亲就小跑过来，将左手的两把伞递到我和妻子的手里后，自己竟一手撑着伞，然后把已经有些佝偻的脊背转过来，将他的小孙女背了起来。我正疑惑，父亲怎么会知道我们要在这时候回来呢？那时可不像现在这样有手机有QQ方便联系啊。我问父亲，他只是简单地回答："知道，知道。"后来，我才从别人那里听说，那天，父亲已经打着伞在雨中等了近三个小时了。

现在，父亲离我们而去已经有十九个年头了，但每到下雨的时候，听到那"唰唰"的滴雨声，我的脑海里便总会叠映出许多幅父亲行进或劳作在雨中的图画。

2015年9月30日

第四辑

穿越十二背后

穿越十二背后

在东经28度14分58.61秒，和北纬107度00分58.77秒相交的地方，有一个国家级自然保护区——莽莽苍苍的宽阔水原始森林。这里是世界级保护植物珙桐的最大生长地，也是世界第二大黑叶猴栖息地，还是中国观鸟圣地之一。这里潜藏着一处惊世奇观——油桐溪特大地缝，当地人叫它十二背后。2010年10月5日，由绥阳县文体广电旅游局组织的一支旅游资源考察队，深入原始林区，穿越这条从来没有人穿越过的神秘大地缝。

令人惊悚的故事

在林区，一位老人曾企图阻止考察队的这次行动。老人说："你们要穿越十二背后呀？我劝你们还是回去吧。它的入口在马夹岩，险得很，下都下不去。我生在这里几十年了，也没敢去过。上辈的老人们说，70年前，有几个人冒险下到马夹岩，想去穿越十二背后，结果有个人被巨蟒吞吃了。还有人说那里有个红爪怪物，有一次从消坑中出来，尾巴一卷，把消坑边的树叶全都卷到消坑里去了，吓都吓得死人。还有人在谷底看见过汤圆那么粗，一米多长的特大蚯蚓。有一回，几个采药人相约去那里采药,结果全部神秘失踪。所以大家都说这个地方是个死亡谷,还有首顺口溜这样说:'马夹岩,马夹岩,进得去,出不来。'你们还是不去为好呀!"老人的话未必可信,但足够令人毛骨悚然。尽管老人苦口婆心地劝说,考察队员们却仍然个个都希望能一探究竟,仍然决定穿越这个神秘死亡谷。

独摇石,摇不动考察队员的意志

早上 8 时,这支由记者、作家、摄影家、乡镇干部、向导组成的14 人考察队,在绥阳县文体广电旅游局局长、摄影家杨进的领导下,带着一条绳子、一只皮划艇和一些食物及衣服,走进了原始林区。队员们走在山脊上,俯瞰沟谷,下面深不见底,全是绝壁,幽蓝幽蓝的,令人目眩神迷。山脊边有一块巨石立于悬崖之上,这是一块摇动石,人一推就会摇动,但却不能把它推下深谷去,十分诡异,当地人叫它独摇石。

考察队在山脊的密林中走了4个多小时,才找到一处勉强可以下谷的地方,可是在刺竹林中艰难地下了没多远,又遇到了下不去的悬崖绝壁。这里连向导都没有来过,向导们花了一个多小时,才找到一处稍缓些的地方。然后,队员们用绳子一个个吊下悬崖。下了悬崖,仍在林中穿越,而且更加步步惊险。一棵手臂粗的枯枝断落,打在一名向导头上,差点打晕了他。一块几公斤重的石头滚下来,砸伤我的左小腿和大脚趾,半年后才好完。有人不慎碰到了毒虫,手上被刺得火辣辣地疼痛。吐着信子的毒蛇也在树林间爬来爬去。

到了下午3点半,考察队经过7个半小时艰苦而惊险的穿越,才终于下到了谷底——马夹岩。

谷底阴森森的，似乎周围的悬崖都在向人压来，总会使人感到渺小和脆弱。站在谷底举目四望，全是刀砍斧削般的陡岩，有的掩映林间，有的耸立林上。有一根高大的石笋，像一只怪鸟俯瞰深谷。从绿树的缝隙间向上游望去，一处洁白的山岩特别显眼，如不细看，会误以为那是一团带着妖气的云雾。

在谷底稍事休息后，考察队沿着沟谷向下游方向走去。沟谷不宽，有的地方几米，最宽的也不过十余米，两岸都是壁立的悬崖，有的悬崖被雨季形成的瀑布冲刷得光溜溜的，人站在下面，就像一只蚂蚁面向一幢高楼一样，会感到无形的威压。

若遇沟谷转弯，百米悬崖挡在前面，会给人一种"山重水复疑无路"的感觉。

在沟谷中穿行，不闻鸟鸣，不闻兽嚎，有的只是偶尔遇上的深潭，或不时自草丛中钻出来的毒蛇，令人毛骨悚然。

露营谷底

在沟谷中艰难地走了两个多小时，我们来到了地缝入口处，时间已近下午 6 时，天在渐渐黑下来，考察队只好就地宿营。

往前是窄而险的地缝，两边是高耸的悬崖。右边的悬崖上，一道瀑布悬垂而下，高达上百米。考察队就宿营在这险峻而狭窄的沟谷中。队员们在一地的乱石上燃起一堆篝火。一只小铁锅支起来，一次一次地煮着面条，大家还是早上 6 时吃的早餐，经过了整整一天的急行军，这时候人人都已饥肠辘辘。有的人饿疼了胃，只得赶紧服药止痛。

为防毒蛇在夜间出来咬人，队员们在宿营地周围洒上了据说能驱走毒蛇的雄黄酒。

由于没带帐篷，队员们只好天当被子石当床，一个个倒在乱石上就开始睡觉。

说是睡觉，其实石头硌得人生疼，很少有人能真正入睡。仰躺着睁开眼睛，头上的天空被山峰切割成一小块，形似一只雄鹰俯冲而过。耳边听到的是瀑布那如天降暴雨般的声音。到了半夜，彻骨的寒冷使队员们受不了，又爬起来围着篝火取暖。几个向导还找了些野生的草本植物煮着当茶喝。由于向导们也不曾去过地缝，在那儿悄悄议论，说家里还有老婆孩子，千万别出什么事。这让我们的心也高高地悬了起来。

夜这样慢慢地过着，大家都在为明天是否能顺利穿越地缝而担心和焦虑。天快亮时，本来晴朗的天空却莫名其妙地下了一场不大的雨，给考察更增添了许多未知数。幸而雨量不大，雨时也不长，没有带来太大影响。

神秘诡奇，步步惊心

早上8时，向导们砍来两根木棒，准备出发，却发现皮划艇最外层的气门芯坏了，只能打两层气，原本可以载 4 人的，这下最多只能载两人。这件事，又在大家的心上增添了一层阴影。

刚进入地缝，就是一道小瀑布，虽只约 3 米高，但也给考察队带来了不小的困难。向导将木棒插进水潭，又把皮划艇放下去，才一个个爬着木棒下去，划过水潭。

越往前走，地缝越阴森，瀑布越高峻，水潭越深险，有的地方还有巨大的悬石夹在石缝间，悬在我们头顶，真是处处让人心中打战。由于地缝只有1 2米宽，两边的石壁高达几十米，甚至上百米，所以地缝中很难见到天空，光线不太好，加上弯来拐去，嵯峨而不规范，所以有的地方还需照一照手电筒，才能看见。

考察队只有一条几十米长的绳子，大家依靠绳子从一道瀑布上吊下去，是不可能把绳子留在那儿的，而取走绳子，又等于是绝了后路，没有谁能再爬上瀑布原路返回。而前路能不能走出去，也完全是未知数。

一道瀑布接一道瀑布，一个深潭连一个深潭。瀑布有的几米高，有的十几米高；深潭有的十几个平方米，有的二三十个平方米，有的一米多深，有的二三米深。队员们胆战心惊地从瀑布上吊下去，又心惊胆战地趴在皮划艇里渡过深潭。每前进一步，都要耗费极大的体力，都要冒着极大的危险。稍不留意，就有坠下瀑布摔死摔伤的可能。即使稍缓的缓冲带，也是溪水"霸道"，没有人下脚的地方。

队长杨进是军人出身，虽已50岁了，大我3岁，是最年长的一个，但他总事事带头。当向导刚弄好绳索和皮划艇，他就身先士卒，第一个吊下瀑布，渡过深潭。尽管弄得满手是伤，也一直坚持走在最前面。

后来杨进说："我们行进在地缝中，如果水流潜入地下，如果地缝突然窄得不容一人穿过，如果遇到一道特别险陡，没法下去的瀑布，我们就只能困在地缝中了。那情况将是：没有食物，体力消耗大，很难坚持往前走；如果天黑下来了，大家只能在水里站着'睡觉'；只要一下雨，地缝中很快就会洪水滔滔，那么我们每个人都将难逃厄运。我真的是捏着一把汗啊！"

宽阔镇武装部部长高联友，44岁，小我3岁，在考察队中，年纪也是较大的，他一直走在队伍的最后面，默默地保护着每一个队员，默默地把大家无意中丢下的一小点垃圾捡起来背走。

高联友后来说："那时，我们已经走入绝境了，一旦前面出不去，所有的人都很有可能难以生存下来，因为根据天气预报，当天晚上就将下雨，情况是相当严峻的，我们每个人的脸色都十分凝重。我作为负责保障工作的武装部长，队员们的安全是我最揪心的事情。所以我不得不走在队伍的最后面，只有在保证每个队员都顺利地吊下瀑布、渡过深潭，我才能最后吊下瀑布。"

向导之一的杨安文，是当地一个生产小组的组长，曾经拿出自己多年的全部积蓄7万元，为家乡修通了一条简易公路。他一直冲在最前面，遇到每一道难下的瀑布，都是他先下去，把绳子和皮划艇弄好，才让大家一个一个接着下去，而且他总是站在最危险的地方保护着大家的安全。

杨安文后来说："我是当地人，又常年在山上采药，比较熟悉情况，有一定的攀登经验，在这样的时刻，我就是应该走在前面，坚定大家的信心。只有这样，我们才能撕开死亡谷的迷雾，完成这次艰难的考察任务。"

大家就这样你拉我一把，我帮你一下，默默地下了一道瀑布又一道瀑布，渡过一个深潭又一个深潭。还不时有人掉落潭中，发出阵阵惊呼。

高高低低的瀑布下了不少于 20 道，深深浅浅的水潭也渡了不少于20个。在地缝中行进了 9 个小时，到下午 5 时，考察队终于下完了最后一道瀑布，穿出地缝的第一个出口，与前来接应的人会合了。大家为撕破了"死亡谷"的神话而欢呼雀跃。吃着当地村民翻山越岭送来的饭菜，人人都激动不已。

归来的生死兄弟

吃罢饭，我们又在密林中爬着陡坡，因为只有翻过山脊，才能回到林区公路上，乘车返回。我们打着电筒在林中爬着，我已成强弩之末，实在爬不动了，一个年轻记者给我背了一些东西，减轻了我的负担；高联友部长一直跟在我的后面，见我向下滑的时候，总是默默地伸出双手撑住我的脚后跟。他们对我的帮助，使我感动不已。到了晚上10时左右，终于翻过山脊到了公路上，看见了前来接我们的越野车。

我们穿越的，仅仅是油桐溪大地缝四段中的第一段。我估计，要穿越整条地缝，至少还需要五天时间。这次，为了保护摄像器材和照相器材，在水大、瀑布险峻的地方，我们只有把器材放进密封袋里。所以，那些最为险要的景观，那些最为惊险的瞬间，都没有能够记录下来，不能不说是最大的遗憾。

深夜零点，我们到了宽阔镇上，那里有酒肉等着我们。我们一边狼吞虎咽地吃喝着，一边很激动地说：“我们都是生死兄弟了！”

失败的前奏曲

其实这是我们这支考察队对油桐溪大地缝的第二次考察，在当年的清明节期间，我们就有过一次失败的考察。

那一次，考察队选择了从油桐溪下游溯源而上。油桐溪下游，也是一处美丽、壮观、神秘、诡异的大峡谷。幽幽的密林，清清的溪水，哗哗的瀑布，险峻的地缝出口，无不令人神往不已，但队员们只能在溪水里向上游艰难地行进，大家的半身衣裤都被溪水浸湿，冷得身体有些僵硬，还不时会滑倒，一部摄像机和一部照相机都因人的滑倒而掉到水里成了“废物”。就这样行进了4个多小时，来到地缝出口，然后乘着一个向导扎的筏子渡过一个狭长的水潭从谷门进入，刚见到地缝的模样，就遇一道瀑布阻路，没法爬上去，考察队只好沿路返回，结束了第一次考察。

一首《关河令》

我们的考察队成功穿越油桐溪大地缝——十二背后中的一段，获得了宝贵的第一手资料，拉开了油桐溪大地缝探险与科考的序幕，掀开了旅游开发的新篇章。油桐溪大地缝的其余几段尚未有人穿越，还有数不清的秘密未揭开，诸如大地缝的成因等科研课题，也期待着科学家们作进一步考察。但我们有理由相信，不久的将来，油桐溪大地缝——十二背后，不会再是死亡谷，而将以极高的科研价值和旅游开发价值，展现在世人面前。

后来，笔者填了一首《关河令·油桐溪大地缝探险》词，发表在《当代诗词》上，今天，笔者就以这首词来为这篇考察记作结吧：

疑似巨神悬大斧，劈在山深处。裂痕诡奇，藏多多瘴雾。轰隆隆尽瀑布，绿莽莽龙潭无数。令尔惊悚，猴猿都却步。

2010年10月

　　宽阔水国家级自然保护区究竟有多少种野鸟，连鸟类专家也很难说清，它们或是长住鸟民，或是季节性鸟民，或是匆匆过客，大家一起热闹着这座林子，有的喜欢张扬地飞来飞去，唱歌跳舞摆pose，巴不得有人发现它们；有的却悄悄藏在林中，仿佛沉默是金，使人难以见到它们的身影。

　　我生在农村，自小听着鸟鸣起床，追着鸟影上山，长大了，知道本县有座宽阔水原始森林是野鸟天堂，便不知不觉深爱上了那里的鸟儿们。

　　我多次深入宽阔水林区看望鸟儿们，并常常在书上、网上搜集它们的资料，阅读关于它们的论文，梳理它们各自的特征和习性，还给每种鸟儿都写了一篇寓言，表达我的深爱之情。虽然那些寓言还很拙劣，而我却视若珍宝，生怕它们飞了似的。

　　宽阔水鸟儿们美丽的体羽，使我看着心情大好。体大尾长的红腹锦鸡雄鸟羽色华丽，头具金黄色丝状羽冠，上体除上背浓绿色外，其余为金黄色，后颈披着橙棕色并缀有黑边的扇状羽，形成"披肩"，下体深红色，尾羽黑褐色，满缀以桂黄色斑点。它们全身羽毛的颜色互相衬托，赤橙黄绿青蓝紫俱全，光彩夺目。翠金鹃，体长约17厘米，雄鸟上体辉绿色，头至背缀有很多棕栗色，颏和喉具黑褐色横斑，虹膜淡红褐色至绯红色，眼圈绯红色，嘴亮橙黄色，尖端黑色，脚暗褐绿色，仿佛一位天皇巨星。还有戴胜鸟、寿带鸟、太阳鸟、鹭鸶鸟等等。那些美丽的身影留在我的记忆深处，使我无时无刻都仿佛担承着护鸟使者的重任。

我特别爱听鸟儿们唱歌，那些优美的演唱自不必说，即使是乌鸦的"嘎嘎歌"、猫头鹰的"咕咕苗"我也爱听。我们县是中国布谷鸟之乡，在宽阔水听各种布谷鸟的歌唱，能使人的灵魂如得春雨洗涤、夏风轻拂。每到孟夏时节，在宽阔水便时常能听到布谷鸟——杜鹃——高亢悦耳、声传数里、不分昼夜的歌唱。"快快割麦""光棍好过""豌豆包谷""关公好酷"，严格四音节，听起来旋律分明、回肠荡气，那是男高音歌唱家四声杜鹃的美声唱法。"米——贵——阳"是三声杜鹃的歌吟，"贵——贵——阳"是鹰鹃的独啸，两种歌唱很相似，但各有各的韵味。"布谷""布谷"是大杜鹃的两音节歌声，正是这首独特的"布谷歌"，才使杜鹃科的鸟儿们有了"布谷鸟"这个雅称。八声杜鹃发出哀婉的哨音，越往后速度音高跟着上升，开始慢而低，后来快而高，为八音一度，绵绵入耳，听来犹似在嵌壁滴泉下沐浴一般。乌鹃的鸣声为六音节，似口哨声，音阶也渐次升高，与八声杜鹃的鸣唱好有一拼，但它们谁是冠军谁是亚军，比了好多年也没能裁定。噪鹃能发出嘹亮的声音，雄鸟唱着"喔哦"歌，重音在第二音节，听起来像在喊"狗窝哦"，所以我们称它"狗窝雀"，重复多达12次，音速音高也渐增。管它"狗窝"也好，"猫窝"也罢，那歌声总能侵入我的心窝窝。红翅凤头鹃，别名冠郭公，鸣声粗厉中带点儿嗲气，仿佛在叫"哥哥"，呈三声或二声反复鸣唱，亲切而有味。褐翅鸦鹃的鸣唱连续不断，从单调低沉到响亮，好似远处的狗吠声，数里之外都能听清。还有中杜鹃、小杜鹃、棕腹鹰鹃、翠金鹃等，鸣声各有特色，听来令人心爽神清。还有画鹛鸟、苦恶鸟、夜莺鸟、黄鹂鸟、竹鸡等等，都是一流歌手，它们各样的鸣声无论高山流水，还是下里巴人，都同样令我常听常新，久听不厌。

我喜欢宽阔水鸟儿们的勤劳有为，当我刚想偷懒时，看见它们便能倍增力量。小白腰雨燕是一种很小的鸟儿，体长约15厘米，跟麻雀差不多大小，营巢于桥下、屋檐下或岩壁、建筑物洞中。两只小白腰雨燕刚刚组成新家庭，就开始齐心协力缓慢筑巢。一个新巢需要历时两年才能筑成，但两年中这个巢是否属于同一对鸟，却很难说，可它们依然做得那么认真。利用它鸟旧巢的雨燕将离开时，雌雄鸟又要共同修补此巢，留待来年，而来年的住户却不一定再是它们。繁殖一窝的燕巢，当雏鸟离巢后，多立即进行修补，并加大巢的体积。繁殖两窝的燕巢，当第二窝雏鸟离巢后，也会立即把损坏的巢修补好。它们不管来年是不是自己住，都依然不使其有丁点儿破损。短嘴金丝燕更加勤劳和坚韧，它们可以利用回声定位躲避障碍物，在漆黑的深洞中也能随意飞行，不会碰壁。它们一口口吐出洁白的唾液把找来的苔藓粘在洞顶上，费尽九牛二虎之力才能把巢筑成，那巢便是高级营养品——燕窝。若有人把它们的巢摘去做营养品了，它们会二次、三次筑巢，哪怕累瘦身体。褐头鹪莺也只有麻雀大小，它们能用巴茅叶或茅草叶在树叶上辛苦缝制精制的窝巢，绝不随意应付。各种翠鸟会选择软石壁凿洞筑巢。筑巢时，一对翠鸟夫妇轮流飞起来，先悬停空中，再猛冲过去，长长的尖嘴狠劲地啄在壁上，啄成洞口后，又站在洞口往深处啄，直到啄成一米多的长洞，才在末端产卵孵雏，安全而宁静。一只家燕几个月就能吃掉25万只昆虫，它们一般早晨四点多即开始活动，直到傍晚七点多才归窝休息。白腰雨燕的学名叫"Apus"，在希腊语中的意思是"没有脚的鸟"，它们整天都不停地飞在空中捉害虫，永远不停止，人们这才误以为它们是没有脚的鸟。

宽阔水鸟儿们的团结精神也值得大学特学。黑枕绿啄木鸟体长一尺左右，全身羽毛多为绿色，枕部有一点黑色，额部和头顶镶有一块鲜红色大斑，红绿黑交相辉映，分外美丽。若有森林被蛀虫、毒蛾、天牛、松毛虫糟塌得死去活来，它们一到便能起死回生。它们有每年凿建新巢的习惯，总把遗留不用的洞巢送给大山雀、柳莺、椋鸟们，从而组织起浩浩荡荡的森林病虫害防治大军。灰头绿啄木鸟体长也一尺左右，觅食时常由树干基部螺旋上攀，到达树权时又飞到另一棵树的基部再往上搜寻，搜到害虫就从鼻孔里伸出长舌头粘出来吃掉。它们也每年都新啄巢洞，用旧巢招来其他鸟儿居住，大家一起为森林防虫治病。绿翅短脚鹎体长约24厘米，羽冠短而尖，颈背及上胸棕色，喉偏白而具纵纹，头顶深褐具偏白色细纹，背、两翼及尾偏绿色，腹部及臀偏白，脚短，呈粉红色，喜喧闹，多群栖于海拔1000-2700米的森林及灌丛，以小型果实及昆虫为食，有时结成大群，敢于围攻猛禽及各种杜鹃鸟。有的鸟儿虽然比强敌弱小，但它们会团结起来共同对付强大的敌人，如大嘴乌鸦见到有鹰飞来，就会"嘎嘎"大叫着招呼一大群同伴飞去将鹰赶走。

宽阔水鸟儿们身上的互助精神也值得学习。黑脸噪鹛体长一尺左右，它们在繁殖期会两对夫妇共同哺育同一窝幼雏。红头长尾山雀体长约10厘米，而长尾巴就占了一半，头、身加起来只有人的拇指大。它们在忙碌的繁殖季节往往会有帮手主动上门帮忙，帮手会与亲鸟一起轮流孵卵、寻食、喂食、警戒，保证整个孵卵和育雏期巢内至少有一只亲鸟，保障了孵卵和雏鸟发育过程中所需的能量，也保障了安全，帮手还能从中学到许多经验。松鸦的子女们长大后并不离开父母，而是帮着哺育弟弟、妹妹，围攻天敌，直到成员足够多了才分出去。喜鹊喜欢蚁浴，会让蚂蚁们爬到它的羽毛中给它"洗澡"，帮它除去寄生虫，当然蚂蚁也获得了美食，蚂蚁排出的蚁酸还能为喜鹊杀虫灭菌，并使喜鹊的羽毛变得光滑而坚韧，真是互利共存，皆大欢喜。美丽的丝光椋鸟筑巢于洞穴中，如没找到洞穴，有巢的同类会让没巢者将卵产在自己家里，并帮助孵出幼鸟。枫杨坚果实在坚硬，麻雀没法取食种子，黑尾蜡嘴雀会咬碎枫杨坚果，与麻雀分享果实中的种子碎屑，偏利共生。黑喉鸦雀身长一尺，常呈小群在林下灌木丛间跳来跳去，通过叫声保持联系，如果被冲散，很快又呼唤着聚在一起。它们虽然飞行笨拙费力，飞不多远又落下，但若鸟群中有一只受伤了，其余鸟儿并不马上逃走，而是选择前来抢救。

宽阔水有很多勇敢的鸟儿，当我怯懦时，只要想起它们，身上就会培增勇气。黑卷尾全身黑色，虽只有八哥大小，却很勇敢，连老鹰侵入也不会有丝毫恐惧和犹豫，而是雄雌双双出战，追上云霄，用翅膀去拍打老鹰，直到打得老鹰狼狈而逃。身形瘦小的灰卷尾，也敢于向比他粗壮数倍的大嘴乌鸦猛烈进攻，打得大嘴乌鸦大败而逃。伯劳科的鸟儿，跟卷尾差不多大小，也敢于向恶鹰叫板，并将其赶跑。红嘴蓝鹊敢于主动围攻猛禽、毒蛇，甚至人类。它们都是以弱胜强的典范，从它们身上我看到了强大的力量。

宽阔水的鸟儿们还很有智慧，值得人类学习。大嘴乌鸦能把松果等食物埋在地下，待食物馈乏时来啄食。灰眉岩鹨在遇到有人或动物靠近它们的巢时，母鸟为了保护雏鸟，会假装脚和翅膀受伤，站不住，飞不了，让人和动物认为可以轻易地捉住它，就去追捕，它就这样把人或动物引得远远的，然后飞回来。蓝额红尾鸲为了躲开敌害，通常营巢于草丛中的地上或洞中，很注意隐蔽。育雏期间，见到接近鸟巢的动物会不停鸣叫，甚至勇猛俯冲进行驱赶，若驱赶无效，也会伪装受伤引诱敌人远离。达乌里寒鸦当雏鸟快出巢时，亲鸟会衔着食物在洞外引诱，附近其他巢洞的鸦们也会参与引诱，过了两三天，体形较大的小鸦就会率先离巢飞翔，接着其他雏鸟也会跟着离巢飞去，完成生命的升级。燕雀的体长约17厘米，能取仙人掌刺或小树枝作工具，咬着戳虫洞里的蠹虫做食物。灰脸䴓鹰的巢多建在山顶附近山脊上的高大针叶树上，可以避免人类干扰，也便于繁殖期警戒，保证安全孵化和育雏。白胸苦恶鸟善于步行、奔跑及涉水，潜水及游泳的能力也很好，危急时足攀水中附着物，潜入水里，只露鼻孔呼吸，一时不易被发现。红翅绿鸠飞行快而直，能在飞行中突然改变方向，躲开强敌进攻。北红尾鸲的天敌多，选择在隐蔽的洞穴营巢是为了繁殖与避敌的需要，巢址附近会有农田，是为了方便获取昆虫做食物。红尾水鸲往往在墙洞、房檐、棕榈树、石缝中筑巢，雌鸟衔材料筑巢时，往往在附近进出数个洞口后再进入巢内，以迷惑天敌。亲鸟育雏期的警惕性更高，获得食物后不直接进入巢中，多数时间在附近做迷惑动作，然后再飞入巢中喂雏，有时还会多次入巢不喂食旋即又飞出巢来。

宽阔水是一个永远研究不透的野鸟世界，从鸟儿们身上，我获得了美的享受，学到了许多珍贵品质，并以鸟为镜修正自己。我深爱着宽阔水的鸟儿们，这种深爱还将延续下去。我做了一个《学野鸟精神 做时代新人》的动画PPT，常到中小学去做讲座，把宽阔水鸟儿们的相关知识和精神品质传递给青少年。

2023年9月3日

2016年8月3日，是个雨天，我应邀去贵州绥阳双河谷参加一个活动，然后留宿在双河客栈。4日晨，雨一直下着，早餐后，我一个人举着伞在谷中信步慢行，这时，山上树林中传来的万千只蝉儿的大合奏深深地吸引了我的注意力。

我曾多次到过双河谷，但因来的季节不对，所以还是第一次听到千万只蝉儿壮观合鸣的情景。

双河谷规模庞大、景象壮丽的世界级地下溶洞奇观自不必说，地面上也有无数奇观。山上那郁郁葱葱的原生林，春天日夜不息的蛙鼓，春夏之交无数布谷鸟高昂而优美的啼叫，夏秋之际白天的万蝉齐鸣和夜晚的萤火点点，四季可见的红嘴蓝鹊、红腹锦鸡、白冠长尾雉、蓝喉太阳鸟等美丽的鸟儿群体，还有能在空中自由滑翔的神奇兽类红白鼯鼠——飞猫……构成了独具特色、千姿万态的双河谷地面生命奇观，这些生命奇观在随处可见的悬崖奇峰、多级瀑布、潺潺溪流、原生态民居、冬雪时银装素裹的非生命奇观衬托下，简直就是美不胜收的世外桃源。

或许是其他景观在以往多次给过我美丽的"伤害"，已经感觉不怎么灵敏了吧，这次给我美丽"伤害"最大的倒是这万蝉齐鸣。

对于出生在黔北乡村的我来说，蝉鸣是年年都能听到的。但往往都只能听到一只蝉独奏，最多两三只蝉你方唱罢我登场的轮奏。在我的印象中，那较为单调的演奏，还多出现在夏日晴天的中午和傍晚。在中午的骄阳下，蝉们鸣叫的声音不是太美，听起来总感觉是在反复叫喊"热死了"；傍晚的蝉鸣则是非常悠扬的，忽高忽低，忽急忽缓，忽如晴空鸽哨，忽如潺潺溪流，听起来是一种特别的享受。至于在细雨霏霏、凉爽宜人的早晨，却是从来没有听见过蝉儿们优美的鸣声。所以我们都叫蝉儿为"天晴嘟嘟"。

而这次，在气温仅摄氏二十度左右，雾气如轻纱一样妙曼于山颠的，一个细雨霏霏的早晨，竟听到了万千只蝉儿的壮观合鸣。有的唱"烟斯约……烟斯约"，有的唱"央央央——洋洋……央央央——洋洋"，有的唱"嘟嘟嘟……郎郎"，有的唱"嘶嘶嘶嘶……嘶嘶嘶嘶"，有的唱"知了呀……知了呀"，有的唱"醒来呀……醒来呀"，有的唱"西服呀……西服呀"……万千种优美的鸣声汇合在一起，其中又必有一个最优美最响亮的领唱，因有领唱就使得这个大合奏的鸣声繁密而不混乱，那份悠扬，那份和谐，那份纯天然与原生态的韵味，从我的每一个毛孔渗入体内，使我浑身舒爽无比，仿佛缥缥缈缈地升入了神仙境界，那真是此生最美丽的"伤害"。

据科考成果显示，本区有松寒蝉、螗蜩等蝉科虫儿两种，有黑尾大叶蝉、弯凹大叶蝉、蜀凹大叶蝉、周氏凸唇叶蝉等叶蝉科虫儿六十种，有红二带丽沫蝉、橘红丽沫蝉等沫蝉科虫儿七种，有大连脊沫蝉、黑点尖胸沫蝉、宽带尖胸沫蝉等尖胸沫蝉科虫儿十三种，当然林中必定还有不少叫蝉的虫儿是没有被发现的。在这已发现的八十二种蝉儿中，蝉科的两种，雌蝉不能发出鸣声，雄蝉能发出鸣声；叶蝉科的六十种，雌蝉和雄蝉都能发出鸣声；只有沫蝉科的七种和尖胸沫蝉科的十三种不能发声。这样算起来，就该有一百二十二种蝉儿能发出优美的鸣声了。再加上每种蝉儿能发出普通鸣声、求偶鸣声、交配鸣声、竞争鸣声、召集鸣声、哀伤鸣声等六种鸣声，那这一百二十二种蝉虫儿就能发出七百三十二种鸣声。如果再算一算个体差异、日龄差异、次间差异，以及除鼓膜发声外，还有翅膀的振动发声，那就该有若干万种鸣声了。试想一想，有哪一个乐队的演奏能达到这样繁密而优美的效果呢？

笔者也曾写歌词，有首《诗乡的春天》的歌词，在二十年前经著名作曲家杜兴成谱曲后，还得到万山红、黄华丽等大牌歌唱家演唱，算得上是音乐发烧友，并听过柏林爱乐乐团、维也纳爱乐乐团、圣彼得堡爱乐乐团、捷克爱乐乐团、伦敦交响乐团、巴黎管弦乐团、芝加哥交响乐团、费城管弦乐团、巴伐利亚广播交响乐团、阿姆斯特丹音乐厅皇家管弦乐团等世界著名乐团的演奏，但无论是最经典的《维也纳气质圆舞曲》，还是《蓝色多瑙河圆舞曲》，都不能与蝉儿们万众齐奏那繁密的多重调门儿相媲美。那些乐团演奏的乐曲，毕竟还是人工雕琢而成的，总感觉缺乏天籁之音的原生态韵味。我想，即使是两千多年前齐宣王的那支三百吹竽手的大合奏，还是唐代宫廷演奏的《霓裳羽衣曲》，与今天双河谷万千蝉儿的集体大合奏相比，也只是小巫见大巫吧。

蝉儿们大多数时间生活在地下，成蝉后才能在树间飞鸣，但这时候它们的生命大约就只有一个月时间了。尽管它们的生命如此短暂，却也要笑对世界，把最美的音乐献给大自然，其对待生命的态度是值得人类认真学习和借鉴的。所以，于双河谷听蝉，能使人重塑积极向上的生命观。

双河谷的蝉鸣季节，是大自然赋予我们最难得的音乐节，我真有幸，赶上了这一场天下第一的音乐大宴。

　　感谢双河谷，感谢尽情演奏的蝉儿们。行走在约一公里长的双河谷中，聆听着蝉儿们的合奏，我早已忘记了一切纷扰的世事，名呀利呀这些东西，对这时的我来说，全都显得不重要了。

2016年8月4-5日

1994年，人们在绥阳县青杠塘镇天江村及毗邻的高峰村境内，发现了以九道门为中心的一个风景区，距地球同纬度仅存的原始森林宽阔水和中华第一长洞双河溶洞的直线距离均只有10余公里，三者形成鼎足之势。那神姿仙态般的处处景观，类似于张家界。前不久，由市县多个部门组成的考察团对这一景区进行了考察，初步揭开了由五峰岭、黑龙溪、九道门组成的这一景区神秘的面纱。

雄姿仙态五峰岭

我们考察的第一个景观群，是五峰岭景观群。在民国十七年成书的《绥阳县志》上有这样的记载："五峰岭：在城东北隅，赵、旺里之间，山脉与金钟（山名）相连，突起五峰，高插云表。"到了五峰岭山麓，往上仰观，真有数峰高插云端的感觉。从西向东排列的五座山峰，形成一只巨大的凤凰。最西面的叫凤头峰，它不与其他四峰相连，独自拔地而起，从峰顶到基座百余米高，形状酷似花瓶，瓶颈和瓶座处略小些，瓶身较粗些，直径不过数十米，全为灰白色岩石，不可攀援，山顶有些树木。通过望远镜，我们发现最大的一棵树，也是位于峰顶正中央的一棵树是珍贵稀有的红豆杉，树身虽不甚高，但枝如虬龙，冠盖似伞。有人说，凤头山是观音菩萨的净瓶，那红豆杉是净瓶中的柳枝哩。不过这是割裂开来看的结果，其实你只要稍微变换一下角度，就会发现它是不折不扣的凤头。跟在凤头后面，只距凤头几十米的是凤颈峰，峰坡稍缓，绿树荫蔽。若在春天，满峰以杜鹃为主的百花开放时，或在秋天，那树叶有的金黄，有的鲜红时，定然是一段更加美丽的凤颈。跟在凤颈峰后面，呈左右并列，尾稍并拢的两峰，分别为左翼峰和右翼峰。这两座山峰如展开的凤翼，给人一种翩翩欲飞的感觉，使原本静态的山呈现出一种动态的美感。最后一座峰紧接在左右凤翼峰相接之处，但却有一道 2-5 米宽的裂缝相隔。这条裂缝深达80余米，如刀砍斧劈，险峻非常。凤尾峰也是一座几乎上下等大，不可攀援的险峰。凤尾峰比凤翼峰稍矮，在凤翼峰腰到凤尾峰顶跨裂缝架着一道建于清光绪二年（1876）的铁索桥。站在峰下仰观，只见一线天上铁索飞渡，令人惊悚不已。

为了站在高处领略五峰岭的雄姿，我们费尽千辛万苦登上了左翼峰的峰顶。峰顶树的枝丫多向一个方向伸展，如飘展的旗帜一般。我疑心那是因为峰顶风大，又多向一个方向吹拂的缘故。说起风，还真令人心惊。站在窄窄的峰头，你必须扶着那些树，否则真有被山风吹下深谷的危险。置身峰顶，你便置身在了阵阵林涛声里。"一任风涛撼四面，绝天倚傍峙峰头。"峰顶的感觉真好。正是夕阳西下时刻，落日的奇观更令人陶醉。快要西坠的夕阳下，四条山脉错综蜿蜒，呈弧形环抱之势层层远去，渐渐淡在了夕阳余晖之中，没有明显的边际。

天渐渐黑下来，我们决定露宿铁索桥头，看月夜奇观。这座铁索桥是因古代僧人要去凤尾峰上修行而建造的。为了造铁索桥，还在凤翼峰悬崖上先凿出了一条一二尺宽的悬崖险道哩，我们也正是战战兢兢地沿着这条险道才上到左翼峰峰顶的。遥想当年，这里定然具有"碧汉空中悬古寺，白云堆里响残钟"的非凡意境。

月亮快升起来时，从五峰岭往东看，东部山峰的轮廓由模糊而分明，并投影在了遥远的天幕上。奇迹出现了，有两座山峰的投影，竟酷似一大一小两只长着翅膀的乌龟正展翅嬉戏。"子母龟！"有人叫起来。距子母龟这两座山峰不远，又有一座山峰形如孔雀开屏，栩栩如生。总之，由东往西转，数座山峰在天幕上的奇特投影，把人带进了神话世界。

月亮慢慢移动，渐渐到了凤尾峰那几棵挺拔的红豆杉树上。一阵松风吹动铁索，惊起夜鸟鸣于深涧。此情此景，使我陡发诗情，口占一绝：

凤尾峰顶红豆杉，夜半不眠托玉盘。

惊飞鸟儿不住鸣，松风吹动铁索寒。

在五峰岭山脚下，我们还发现了大约是第四纪冰期时留下的冰碛物沉积地层。

"万株松影千峰石，一度经历半世思。"雄姿仙态的五峰岭哟，我们真不愿离它而去。

迷雾重重黑龙溪

黑龙溪是一条河的名字。因传说这里曾有黑龙出山而得名，沿着溪谷向上游走便能去九道门。

四公里长的黑龙溪，两岸山体成九十度壁立，相距不过十来米，因而只有晴天中午很短的时间，太阳才能照到溪中。正因如此，整个谷中便给人一种阴森恐怖的感觉，仿佛真有一条巨大的黑龙在这里张着血盆大口等待你"送货上门"哩。一条人行小路时而溪左时而溪右，行人总在溪上穿来穿去，所以村民们形象地说那里是"七十二道脚不干"。

其实这是一条绝无污染的溪流，溪流中的水清澈得就像初生婴儿的心境，使你即使在最炎热的酷夏时节见了它也会觉得浑身上下冰凉冰凉。溪水中常有小鱼自由自在地游来游去，就像心境空明的隐士，精彩的世界与它们一点儿关系都没有一样。

最奇的还是两岸的石壁，那些石壁上有无数的小孔。当地老人们说，曾有一个碗口大的小孔是一个奇特的梭米孔。相传过去这个孔很小，孔中每天梭出来的米，仅够附近一个庙上的和尚们食用。有个贪心的和尚耐不住了，他想，要是能多流些米出来，吃不完拿去卖了换成钱，钱多了能建高楼大厦哩。想着想着，他禁不住找来凿石的钎锤，叮叮当当地一会儿就将洞口凿成了碗口般大小，可是却再也没有米梭出来了。孔中虽再无米梭出，但"梭米孔"的美称却一直沿用至今。壁上除小孔外，还有无数钟乳石，有的大如街上遮货摊的太阳伞，为从壁下经过的旅客们撑起一个个天然凉亭；有的形如海洋中大大小小的章鱼、乌贼、水母，悬挂在绝壁之上，展示着它们的娇姿；有的竟如一株株垂柳，丝丝缕缕，"飘"于风中。有一处地方，几米高处，两岸的石壁突然合拢，直达上百米高的山顶，只有 1-2 米宽，游人从下面的石桥上走过时，总能领悟到那一线天的绝妙奇观。

岸边有一巨大山洞，名叫野人洞，相传洞中曾住过一个母野人，有一次竟然出洞下山，掳了一个青年男子进洞去，后来还生了一个小野人哩。

黑龙溪的上游叫散花溪。散花溪从九道门方向流来，相传人们曾在这里见过天女散花的奇景，我疑心那是人们在这一带见到了流星雨，或是因富含磷矿，出现过四川青城山那样繁星点点的磷火之光。

看黑龙溪奇景的最佳时间是滂沱雨后，而我们将出山时就恰好遇到了这样的好机会。每当此时，两岸绝壁，千瀑齐下，山洪暴涨，声如雷霆，水雾冲天。若遇中午，太阳光照射下来，溪谷中便会升起无数道斑斓绚丽的七色彩虹，使黑龙溪阳刚与阴柔、险峻与美丽形成和谐统一的整体。

神秘险峻九道门

未到九道门，就听到了关于九道门的好几个传说。其中有一个传说是这样的：曾有一位天神，因背观音菩萨过银河时调戏了观音，犯了天条，被贬来人间受罚。他到处寻找风景优美的地方受罚，找来找去找到了九道门——这里有九道天然的山门。这位犯了天条的天神必须在每一道门外跪着反思一年，他整整在这里跪了九年，所以现在的九道门还有一处地名叫跪思台哩。一个有雾的早晨，我们由南而北向九道门景点行去。来到山脚仰观九道门，见到的是一座高过一座的山峰。这时候你绝不知道上面的山峰究竟有多少，远到了哪里去。然后我们从西边较缓处登上山去。向导要我们先去山的西面看一看。两个小时后，我们终于到了山的西面。我们隔着一道山谷遥望九道门，原来是数座烟雾笼罩的山峰并行排列于浓密的原始密林中，形成了九道天然关隘。浓雾漫漫，鸟鸣悠悠，给人一种神秘莫测的天然意趣。然而，要识奇山真面目，唯有身入此山中。

钻入群峰的中心地带一个垭口处，奇景便陡然出现在你的眼前，周围数座山峰拔地而起，其下藏于原始林中，其上插入高天白云，团团雾霭缭绕其间，给人一种"祝融万丈拔地起，欲见不见轻烟里"的神奇感觉。其中有五座山峰竟然如一根根上下等大的巨大天然石柱，拔地而起，险峻非常，因浑身都是垂直的石壁，所以山身上只有数量极少的几棵小树，唯有峰顶才有较大的树生长着，没有孙悟空腾云驾雾的本领，绝对不能攀而上之。而有一座山峰，由两棵这样的巨大石柱紧挨在一起直插蓝天，真像一对非石烂海枯绝不分离的夫妻一样。还有一座山峰更奇，像在一棵高树桩上立着一支长长的牛腿烛，下半截粗，上半截细，峰顶像那燃着的烛火一般。还有一座山峰背着一座小山峰，像一个挺拔的汉子驮着一个小儿。还有一座一剖两开的山峰，中间的裂缝约5米宽，逞反S形。这些山峰，每一座的相对高差至少都在百米以上。当你登上最中间那座山峰的峰顶时，举目环顾，会发现那些山峰都团团围绕在周围，除脚下的这座山峰外，主要山峰共有八座，挺拔于密林浓雾之间，竟是大自然摆着巧夺天工的八卦阵。笔者多少通晓些易经八卦，在心里默默给这些山峰以太极八卦命了名：从正南沿反时针方向分别为乾天峰、兑泽峰、离火峰、震雷峰、坤地峰、艮山峰、坎水峰、巽风峰，中间的那座山峰是太极峰。我想，若是入侵之敌被引入这自然奇阵，定然会找不着"生门"，绝命于"死门"。"门可通天，仰观碧落星辰近；路承绝顶，俯瞰翠微峦屿低。"这副状写南岳衡山的对联用到这里也绝不为过。

从九道门八卦阵往东转南，还有数十座山峰排向远处，看不到尽头。其峰如狮如虎，隐于薄雾之中，形象栩栩如生。其中，景观最奇的是距八卦阵一公里远的万丈崖山峰群。这里的座座石峰也如笋如柱直插云天，因云雾漫漫，高处不甚明，使你无法看清有些山峰究竟有多高。真是"山矗天上，云起风流"。其中有两座山峰，如两只高高耸起的兔耳，峰下，两棵两人合抱粗的古树，一棵挺拔如月宫桂树，一棵妙曼如起舞嫦娥，不远处还有一座山峰如战将头盔，看着这一组山峰，不能不令人想起嫦娥奔月、玉兔捣药、吴刚伐桂的美妙神话。

从九道门景区归来好多天了，笔者仍然其身虽归、其心长留，遂提笔写下此文，与读者共享那份美妙感觉。

1994年

岩夜宿棺材

棺材岩是一个容易令人想到死亡的地名。那是贵州赤水市桫椤王国那片原始森林中的一个阴森恐怖的地方，笔者曾于1993年在那里露宿过两个夜晚，至今仍不能忘怀。

暑假的一天，我正在家中整理书稿，贵州教育学院方嗣昭教授从省城贵阳来到了我家。他是应省环保厅的邀请，前去桫椤王国进行科学考察的。他到我家一是给我送来我们合编的已于贵州教育出版社出版的《地理谜语》一书，一是顺道邀我也去赤水玩一玩。

在桫椤王国自然保护区管理所里，我们见到了生长在保护区内的大型食肉动物云豹和多种剧毒蛇的标本，方教授介绍说，森林中还有一种大小形状都像豇豆的毒蛇，常在树枝上吊着，人一碰上就会窜到脖子上咬；进入原始森林，又听说前几天有个孩子被豹子吃掉的传闻。这使我未进原始森林已有了毛骨悚然之感。

我们这支考察队一共4人：53 岁的方教授，40 出头的管理所工作员张清源，年近六旬的采药老人，以及我这个年方三十，却长得很胖的教书先生。张清源和采药老人既要负责当向导，又要背餐具、炊具和食品，以及气垫、毯子等，负担最重；我给方教授背标本夹和价值上万元的照相机等，虽不重，却干系重大，因多是在布满圆石头的河道中淌水，时不时有人在河道里摔跤，我生怕照相机掉到水里，又因身体胖行动迟缓，所以常常掉队不说，出的汗水恐怕也算最多；方教授鼻架眼镜，手捧地图，胸挂望远镜，一路走一路用铅笔在地图上标着符号，他不但是有名的植物学家，还是省内有名的绘图能手，省里出版的许多书上都有他绘制的地图，我对他简直崇拜得不得了。

第一天天快黑时，我们到达了棺材岩。那是一个两山相距不到20米的V形峡谷，棺材岩在河的左面。刀切一般陡峭的、数十丈高的悬崖，崖底内凹形成一个岩腔，在 20 多米高处有放置过悬棺的痕迹——几根楔进石壁的木桩。在那里只能看到一小片锯齿形的天空。茂密的森林中时时传来猴群嬉戏的吱吱声。这就是我们的宿营地。

草草吃过晚饭后，我们便燃起一大堆篝火过夜。气垫和毯子只能供方教授用，因为这一台戏他是主角，有个什么闪失可不得了。采药老人和张清源摘些树枝来往石头上一铺，纳头便睡，很快进入了梦乡。我跟方教授说了会儿话。方教授说，这座林子中还有一种奇怪的蛇，这是一种爬行纲游蛇科的无毒蛇，看上去有两个头，所以被叫做两头蛇，粗如小指，长有尺余，腹下有鳞红色锦纹，一个头上有口眼，另一个"头"虽然很像头但无口眼，其实是它的尾部，但这个尾部与头部却有相同的行动习性。方教授还说，在兽类中还有一种鼠科动物，前后肢之间有宽而多毛的飞膜，可以借此在树间滑翔。方教授的知识实在是太丰富了，这些见所未见闻所未闻的东西，听得我如痴如醉。要不是怕耽误了方教授休息，我非缠着他讲个三天三夜不可。

我的全身十分疼痛，躺在不知哪儿来的两块木板上，头枕着米袋子开始睡觉。按常理，疲惫已极的我会很快呼呼大睡，可这一夜我竟一直没有睡熟。时而想到那吃人的野豹；时而想到那奇毒无比的恶蛇——这一天我们碰到的蛇就有十余条之多，有一回，我的右脚还差一点踩着了一条剧毒的竹叶青,吓得我出了一身冷汗,幸而没有见到豇豆蛇,不然掉一条在脖子里,可就没命了——虽然我们带着季德胜蛇药,但一想起当地人受蛇咬后非死即残的惨景,心里还是直发毛,加之时而听到夜鸟鸣叫,野兽怪嚎,身边人又全都睡着了,就更是毛骨悚然。到了半夜,气温越来越低,虽然火还燃着,但背着火的一面却冷得挺不住——那时我才理解了这里为什么夏天都没有蚊子的原因,原来是夜间温度太低导致的。月亮很快就越过了那一小块天空,而星星却走了一批又来一批。我心里总盼着东方早点发白。天快亮的时候,忽然一阵叽叽的乱叫声由远而近地传来,我的心一阵阵紧缩起来,一会儿,一团黑影竟向棺材岩上闯来,原来是一大群蝙蝠飞临棺材岩了,我不由得又想起了在哪本书上读过的红蝙蝠吸人脑髓的事,顿时头上密密地冒出了一层汗珠。

　　第二天我们向更深处进发,到达目的地后返回来,夜里又住在棺材岩。这一夜我睡着了,因为这一天我几乎累得只剩一口气儿在喘。这一天是去最高峰考察,一路上坡,攀爬滚跌,好不容易才靠近了最高峰,可我已经实在没力气了,顾不得我是最年轻的一员,申请留下来做饭。他们三位继续向顶峰攀爬。下午三时,才回到了我做饭的地方。这时,方教授的左手背因摔伤肿了起来。饭后,下起了大雨,我们冒雨下山。河道的石头上尽是青苔,经雨一淋,十分溜滑,只得搓草绳拴在鞋上,拄着棍子,沿着河道走。我一步一跤,摔得周身没有一块好肉,左脚踝也被石头擦掉了一大块皮,经水一泡,疼痛难忍。幸而这时我已是轻装,照相机等早由张清源接管了。不一会儿,河道中的水涨起来了,有时竟要在齐腰深的水里行走,行动非常困难,头上的雨水又直往下流,眼睛也火辣辣地痛起来,其疲劳简直难以形容。他们都走到前面去了,掉在后面的我脑海里竟多次冒出一个怪念头——我已很难从这无边的大森林中生还了！幸而天近黄昏时，几乎绝望的我终于又看见了棺材岩。这一夜，浑身的肌肉骨骼更加疼痛，躺在木板上连身都翻不得，虽然也怕蛇怕野兽，虽然也冷，虽然连晚饭也吃不下，但我还是睡着了，而且睡得很香。

第三天，我们顺利地走出了原始森林，回到了管理所。好多年过去了，到现在，每当遇到困难时，我就会想起那次夜宿棺材岩的往事来，便总能坚韧地挺过眼前的困难。

1993年

雨城拾穗

青衣江

雅安城像一片叶子，青衣江和它的多条支流是雅安城的叶脉，叶脉里波光粼粼。大兴电站给青衣江拴一条腰带：留青衣江献一座湖泊，把雅安美化为湖汊纵横的水城；导青衣江的水悬一道瀑布，常引来彩虹栖宿，献给雅安一道美景；让青衣江即使在夜晚也飞溅为满天繁星，点亮雅安城。大兴电站的设计和建造者们，是保佑雅安的神。青衣江穿雅安而过，给雅安带来的没有洪灾，只有福祉和胜景。因为青衣江，雅安才是雅而且安的城。

上里千年红

雅安的上里，位列四川十大古镇，名字却一点儿没有张扬的成分。有人说，游上里要下小到中雨时去，那时最美，"水墨上里"是她的神韵。我是冒雨去的，却在脑海里留下一个抹不去的"红"字，像那闪闪的红星。上里的石头是红的：无论是相伴潺潺流水的十几座古桥和几条沟渠，还是到处耸立的石塔、石牌坊；无论是护岸的石墙，还是铺地的石砖……石头定下了这首乐曲的红色基调，那么悠扬、动听。上里是红军路过并驻扎了半年的地方，至今那红色的石碑、石坊、石壁、石柱、石桥、石坎上，留有数十条阴刻的红军标语，就像红色的魂魄，附在了上里人挺直的、苗条的腰身。古代上里，红了两千年，是系在巴蜀裙裾上的一段"罗绳"，是南方丝绸之路的结点，是唐蕃古道上重要的边茶关隘和茶马司重镇。韩、杨、陈、许、张五大家族，或经商、或做官、或读书、或习武、或营田，上千年红红火火，是巴蜀大地人杰地灵的缩影。今日上里，旅游业又渐热渐红：天天都有黄皮肤、黑皮肤、白皮肤的人前来访问，还有拍电影、电视剧的来抢外景。上里的商品价格不贵，买卖公平。上里不卖门票，只售真诚。上里古镇，想不红火都不行。我在寒冷的初冬时节雨游上里，笼罩我的是一片红，一镇温暖的红色佳景。

狗屎糖折射智慧

狗屎糖是雅安有名的特产，名字不雅，购者却如云，还总是带着一张张笑脸。据说狗屎糖得名于那时的生计艰难：货郎们挑货下乡换破烂，其中有麦芽糖，是哄小孩子的首选。贫困人家没有可换糖的破烂，就哄孩子说：

"那是狗屎糖，吃不得的，吃了舌头要烂穿。"说的人多了，这种糖便真的得名狗屎糖了，而且这名字越传越远。雅安人或许是要记住苦日子，不忘过去的艰难，共创今天的灿烂；或许是要借这个反常而能使人好奇的名字助销，让经济活跃成一张张光明的笑脸。苦日子是一堂生动的大课，记住它能使人奋勇向前；使用反常的名字能引发人的好奇心，有助于销售，是一个妙招值得借鉴。雅安人，用智慧创造美好明天。

雨城雅安

把太阳的温暖让给别人，把太阳的光明让给别人，雅安自古多雨，有人说它"雅州大漏"，有人叫它"华西雨屏"。而今全球生态日益恶化，旱魔常常袭来，而雅安依然云丰雨盈。有人说，女娲补天时太累了，坠落于雅安，漏补了雅安上空的一块天，因此雅安总是雨水淋淋。

雅安人不怪女娲，还对女娲倍加崇敬，崇敬她为拯救天下苍生而拼命补天的精神。看啊，从古至今，那女娲补天的石像，总是屹立在雅安城。雅安因此形成了独特的女娲文化，那么博大精深，那么富有神韵。"中国生态气候城市""中国十佳魅力城市"……无数的美称降临雅安城，是漏补之功，更因雅安人有一片光明、温暖而博大的心境。

杨皮匠出奇制胜

在日本购买钓鱼岛闹剧发生两个月后的一天，我到成都雅安旅游的一趟。

我行于市中，偶见一块红底白字招牌，上书两行字："钓鱼岛是中国的。杨皮匠宣。"初见此牌，觉得杨皮匠是个超级愤青，继而细思，方悟出这是杨皮匠独出心裁的商业广告，心下暗自叫绝——挂超级热点大牌，行企业销售大计，令人过目不忘，实为高招。

行于波光鳞鳞的青衣江畔，又见一只长三米、高一米的大铜鞋，与数个栩栩如生的铜人铸于人行道上，鞋上也铸有"杨皮匠"三个字。经了解，方知2007年杨皮匠鞋业有限公司出资35万元，在这里建造了五组纯铜皮鞋生产流程雕像，从皮鞋剪裁、缝制到粘订成鞋，都很生动形象，工艺严谨。巨鞋上载有杨皮匠的发展历程：民国十六年，立业于成都皮房街，1951年迁来雅安，于第三代传人手中发扬光大。如今，这五组雕塑已成青衣江畔靓丽景观，既美化城市，又向游人展示品牌，一举多得，创意奇巧，令人一见生爱。

我想，"杨皮匠"能生存八十余年，仍蒸蒸日上，除质量保证，注重为消费者着想，并有出奇制胜、令人耳目一新的广告，也发挥着巨大作用。

写文章与经商同理不同道，新奇的构思与表现手法也是成功的基础之一。

2012年11月29日

一

　　重庆大足石刻闻名天下，其中以宝顶山大佛湾的石刻最具特色，大佛湾又是以一尊巨大的卧佛而得名的，可见那尊卧佛有多么惊世骇俗啊。

　　那尊卧佛表现的是释迦牟尼涅槃的故事。释迦牟尼78岁时，在前往拘尸那迦城途中，腹痛难忍，随弟子来到娑罗林，头北脚南，右肩朝下侧卧在两棵树之间的七宝床上。树上鲜花盛开，空中弥漫着天乐和香气，天神群集于卧榻四周。释迦牟尼在安抚了众弟子后，经历了28道禅定境界，终于涅槃。天下有许多地方都刻有卧佛来表现这个题材，可都刻的是孤零零的全身卧佛，意思是起到了，却总让人一览无余，没有留下想像的空间，艺术性不足。唯有这尊卧佛是半身，双脚隐入岩际，右肩陷于地下，左肩在五色祥云之中；同时，在卧佛身前还塑有14尊躬身肃立的造像来陪衬。原来，卧佛的设计者刘十郎是以有限的空间，表达无限宏大的场面，给人以遐想的意境，所以有人说，这尊卧佛是头在大足，手摸巴县，脚踏泸州。同时，那14尊躬身肃立在卧佛身前的佛像，也起到了以小衬大、以竖破横的平衡效果。

我站在卧佛前，只见卧佛双唇微启，把一句禅语吹进了我的耳朵里：只有敢于突破旧有模式，积极创新的人，才能创造出奇迹啊。

二

就在人们争相庆贺卧佛获得巨大成功的同时，一个意想不到的情况出现了。山崖上的水从崖壁的石缝中曲曲弯弯地渗透出来，汇聚在一起，想找一个凹陷一点的地方流出去。水们找啊找啊，终于找到了一处理想的地方：卧佛的眼睛。找到了这个地方，水们可欢了，哗哗地就流了出来。但水们哪里想到，正是它们的欢乐，给工匠们带来了烦恼，因为在工匠们看来，卧佛天天都在流眼泪，是多么的伤心，多么的不吉利啊。于是工匠们决定把讨厌的水们赶走，但水们像是故意跟工匠们作对似的，无论工匠们采用什么办法，水们就是不走，弄得工匠们十分恼火，连饭也吃不下，觉也睡不着，后来都有点儿绝望了。

站在卧佛前，我竟然迷迷糊糊地仿佛变成了当年的一个工匠，流泪的卧佛轻轻对我说：无论干什么事，都可能有"意想不到"在等着你，所以在做决策前想远一点总会利大于蔽；即使问题出现了，一时难以解决，也不必气馁，要相信，天下的所有问题都是可以找到解决办法的。

三

卧佛流泪的难题困惑了工匠们很久，后来一个叫赵聪的年轻工匠下了决心，一定要解决这个难题。赵聪饭不思茶不饮地想啊想啊，一天，他想起了曾经听过的一个关于释迦牟尼出生的故事：公元前623年的四月初八日，净饭王的太子释迦牟尼诞生了，当时有两位金刚力士手棒金盆从天而降，有九条巨龙从九个方向凌空而来喷吐香水，原来，力士和龙是来为初生的太子洗礼的。想到这里，赵聪有了主意：在卧佛的头边雕一组"九龙浴太子"石像，把地表水收集起来从九个龙口中吐出，既解决卧佛流泪的问题，又解决太子沐浴的水源问题，一举两得。"九龙浴太子"雕成后，不但达到了理想的排水效果，解决了卧佛流泪的问题，而且将释迦牟尼的出生和去世放到一起来表现，把他一生的经历空出来，给观者留下了更大的想像空间，真是妙趣横生，寓意深刻。

当我正在琢磨"九龙浴太子"时，卧佛笑了，又将一句禅语注入了我的心灵深处：变通思维，是解决问题、创造奇迹的有效法宝啊。

2013年

位于贵州省西南部镇宁布依族苗族自治县境内，北盘江上游白水河上的黄果树瀑布，是我国最大的瀑布，也是世界上著名的瀑布之一。瀑布高66.8米，宽81.2米。枯水时，流量为每秒2-3立方米，而洪峰时流量可达每秒2000立方米，比黄河的平均流量还要多，其奔腾喷薄之状举世闻名。怀着对黄果树瀑布的崇敬之情，笔者曾前往进行过地理考察，遂有这篇小文奉献读者。

游车从安顺出发，那一个个青螺般的小山上，稀树丛生，更有那独具风格的石墙石瓦的小石屋坐落其间，好一派恬淡的田园风光。

游车翻过一道山梁，忽然看见一缕不升不降的"晨烟"在远处静悬着，导游说那便是瀑布溅起的水雾，果然，车行不远就遥闻水声轰轰，又过一会儿，便看见了那道翻空涌雪的大瀑布——黄果树瀑布。

我们的运气是颇佳的，正遇洪水初涨，所以瀑布看上去更加壮观，真是万练飞空，捣珠崩玉，飞沫反涌。浩大的水量挟着奔雷走电的动力势能，使溅起的濛濛水雾可升高上百米，微风吹拂，银雨纷纷，不但地面尘土不扬，植物群落也因"降雨"量十分丰富而呈现出一派雨林景观。

前人考察认为，黄果树瀑布是在山盆期末黔中高原地壳急剧上升导致河流溯源侵蚀，由溶蚀侵蚀作用而产生的地貌景观。

最初的瀑布之水，是由地面沿断层面流入地下的，也并非在现今的位置，而是在下游数百米远的螺丝滩头，后来暗河顶棚垮塌，瀑布出露，并随着溯源侵蚀裂点不断向上游退却，在河床中还留下了瀑布的巨大足迹——湾塘、油鱼井、马蹄滩、三道滩、犀牛潭等冲刷坑及坑间跳坎——它们记录了瀑布后退演化的历史过程。然而，今天的黄果树瀑布却因岩性坚硬、构造稳固、石灰华起到了胶结加固作用和冲刷坑的深度已接近现期洪水所需的安全消能深度，故稳定性较好，至少在数百年以来无后退的迹象。

瀑布的后壁有一横穿而过的洞穴——水帘洞，它高出水面40多米，自洞内向外看有三处"窗口"，徐霞客所谓"溪上石如莲叶下覆，中剜三门，水由叶上漫顶而下，如鲛绡万幅，横罩门外。"即是指的这一奇观。一位作家撰文说："置身洞舱，于瀑布之中观瀑布，极目向上，且瀑布以雷霆万钧之力压顶倾来，大有黄河之水天上来之势头。其声隆隆如滚滚雷鸣，慑人心魄；其形似珠帘垂坠。可谓水若幕帘，雾若纱幔，轻盈飘拂。人在其中宛如龙宫水榭，兴味无穷。"我想我的体验是比她还要深的，因为我是在"水帘洞停电，谢绝参观"的大招牌挡驾下，摸黑硬闯水帘洞的，所以其惊其险真叫人纸短词穷，难以描述。

水帘洞的形成是石灰华沉积——溶于水中并处于动态平衡状态的碳酸氢钙，在急速下跌的过程中，致使气温升高、气压降低或苔藓及藻类植物进行光合作用等原因，将逸出二氧化碳，使碳酸钙发生沉淀——的直接结果，洞道形成后，由洞壁和洞顶裂缝下渗水流中的碳酸钙再沉淀又形成若干钟乳石，加固了洞体。

真是不到水帘洞，不知道天工之巧。

从水帘洞出来，正是阳光西照的时刻，只见一道彩虹从犀牛潭中升起，在不同的角度观察，它的位置也相应有所变化。白茫茫的飞瀑雾雨隐含缤纷艳丽的彩虹，真是格外地优美而壮观。

1995年8月

涞滩禅语

一

重庆市合川区涞滩古镇，有一圈非常坚固的古城墙，全长1380米，高7米，宽2.5米，全部由半米多长的条石砌成。来到古镇，走进外凸的大门，便进入了一个约400平方米，如巨瓮一般的防御工事：瓮城。这是古人为了防范兵匪攻入而修建的一个防御设施，是加筑在寨门外口的，高与大城墙相同，依附于城门，与高墙连成一体。瓮城内还建有四明四暗八个藏兵洞，如果敌人攻进瓮城，守军即可关门打狗、瓮中捉鳖。走进瓮城，我心里奇怪：一个仅有0.25平方公里的小寨子，修寨墙也就罢了，怎么还修瓮城呢？瓮城这种防御工事，在古代也只有北京、南京、重庆这样的大城市才有啊。一查资料才明白，原来这个瓮城建于清代同治元年（1862），那时正是第二次鸦片战争之后，国家极度贫弱，外敌入侵，国门洞开，国内起义烽火到处燃烧，哪里还有一块安宁的地方呢？就是这个小小瓮城，从建成到1950年约90年时间，竟数十次抵御土匪进攻。在瓮城城墙的石缝里，一棵巨大的榕树与城墙融为一体，见证了瓮城140余年历史。

那棵老树天天都在给游客讲述着瓮城的故事，讲完故事，它总是会这样说:"国不泰,民不安,老百姓勒紧裤带修这圈寨墙和这个瓮城,都是被逼出来的,今天大家来这里参观,一定要懂得覆巢之下没有完卵的道理,好好珍惜来之不易的和平环境吧。"

二

涞滩古镇的街道呈"丫"字形分布,由顺城街、回龙街和二佛巷组成,东临渠江,南北以陡崖为界,400余幢明清时期的穿斗式木结构小青瓦房高低错落,青石街道古朴典雅,基本保持了明清时期风貌。街上还保存有一个供消防之用的太平池。三步梯一段狭窄街道,由整体石坝形成,令人震撼的是,历代足迹已在石板上踏出了一条深深的、光滑圆润的凹槽。我在凹槽中走着,忽然感到一股信息流从脚底下涌遍全身,最后到了我的耳鼓里,变成了细小的话音,那是脚下的石头在对我说话。石头说:"亲爱的游客,要是你有脚踏石凹的坚毅精神,就不至于年已半百了还没有喜人业绩啊。"听了石头的话,我的脸红了,赶忙逃出这条小巷。

三

支撑涞滩古镇,使它成为首批全国历史文化名镇的,是一座二佛寺。二佛寺过去叫鹫峰禅寺,始建于唐代,兴盛于宋代,重建于清代。二佛寺占地上万平方米,分上下两殿,上殿坐落在鹫峰山顶,中轴线上依次为山门、玉皇殿、大雄宝殿和观音殿。左右分设社仓、禅房等建筑,呈四合院布局。大雄宝殿内四根石柱高约13米,由整条巨石制成,挺拔壮观,堪称一绝。山门牌坊石刻镂空雕精美绝伦。下殿是依鹫峰山势巧妙地建造的两楼一底殿堂檐拱建筑,殿内有依山摩崖群雕共42龛

1700多身，具有深广的禅宗文化内涵。主像是释迦牟尼佛，高12.5米，依岩刻凿，在蜀中仅次于乐山大佛，被称为"蜀中第二佛"，二佛寺因此而得名。可惜的是，在二佛寺建成的一千多年历史长河中，曾多次遭人为毁坏，许多佛像的头颅已不知去向。好在尽管如此，却依然香火鼎盛，天天都有来自天南地北的善男信女烧香祈求平安幸福。看着那些无头的石佛像，我深深地叹了口气。当我正准备也烧一炷高香时，分明有一个细小的声音从一座无头石佛那儿传来："亲爱的游客，你看我们自己的头颅都被敲掉了，还能保佑你们什么呢？其实每个人的平安都与国家的命运息息相关，只有国家强大了，人民才会平安，所以多为国家做有益的事情，使国家强大起来，才能换来更多人的平安幸福啊！"听了无头佛像的话，我为自己一生没有为国家做多少贡献而感到无比羞愧。

2013年10月

巧用"隐"字诀

重庆大足石刻是个广泛概念，涵盖了大足、潼南、铜梁、璧山等县范围内70多处10多万躯唐代以来的石刻造像，其中以大足县宝顶山的宋代摩崖石刻最为著名。

宝顶山的石刻主要集中在大佛湾，总数达一万多躯，精品很多，比如圆觉洞、牧牛图、六耗图、父母恩重图等，都是精品中的精品，但我尤爱大佛湾的巨大卧佛。

这尊卧佛长达31米，比合川钓鱼城、四川安岳、北京卧佛寺、敦煌千佛洞、甘肃麦积山的卧佛都要长，而且那些卧佛都是全身，唯有这尊卧佛是半身，双脚隐入岩际，右肩陷于地下，左肩在五色祥云之中。原来，这尊半身卧佛的作者，是以有限的空间，表达无限宏大的场面，给人以遐想的意境。佛祖双脚隐于岩际，可以想像已伸向了千里之外。所以有人说，这尊卧佛是头在大足，手摸巴县，脚踏泸州。同时，在卧佛身前还塑有14尊躬身肃立的造像，起到了以小衬大、以竖破横的平衡效果。

这尊卧佛讲述的是释迦牟尼佛涅槃的故事。释迦牟尼78岁时，在前往拘尸那迦城途中，腹痛难忍，随弟子来到娑罗林，头北脚南，右肩朝下侧卧在两棵树之间的七宝床上。此时树上鲜花盛开，空中弥漫着天乐和香气，天神群集于卧榻四周。释迦牟尼佛在安抚了众弟子之后，经历了28道禅定境界，终于涅槃。宝顶山石刻的建造者赵智凤决定要造一座"释迦涅槃圣迹图"来表现这件事，便向工匠们广泛征集设计思路，三个月之后，许多工匠都拿出了自己的设计方案，但最有创意并得到赵智凤首肯的，是一个叫刘十郎的工匠拿出的半身卧佛方案。于是四年后，这组雕像终于完成。

这尊卧佛不仅大，还给人留下了无限的想像空间，足见创作者有着精湛的艺术功力，这使我想起了一段画坛佳话。

宋徽宗赵佶喜爱书画，创建并主管了世界上最早的皇家画院，还亲自出题批卷，培养绘画人才。有一次，他出了个考试题目叫"深山藏古寺"。有的考生在山腰间画一座古庙，有的考生把古庙画在丛林深处……他看了很多幅都不满意，就在他感到失望时，终于有一幅画使他眼睛一亮，连连点头称赞。原来那幅画画的是崇山峻岭之中，一股清泉飞流直下，跳珠溅玉。泉边有个老态龙钟的和尚，一瓢一瓢地舀了泉水倒进桶里。就这么一个挑水的和尚，便把"深山藏古寺"这个题目表现得十分含蓄深邃。和尚挑水，使人想到附近一定有庙；和尚年迈，还得自己来挑水，可以想像到那庙一定是座破败的古庙。那些落选的画家并非画技不好，而是构思平庸，聪明画家的过人之处未见得是绘画技术，但他巧于构思，选择了老和尚挑水的角度，把握好了显与隐的关系，就使画面含蓄且能启人联想。这与卧佛的巧思是一致的。

进而我又想起了清代著名书画家、文学家郑板桥为他的书斋题写的对联："删繁就简三秋树，领异标新二月花。"这幅对联告诉我们：要以最简练的笔墨表现最丰富的内容，以少许胜多许；早春二月，乍暖还寒，然而花虽稀有，却藏着一个生机勃勃的春天。这其中的道理也与卧佛的巧思是暗合的。

收回思绪，我站在这尊佛像前，许多次按响了相机快门。这组雕像半显半隐的意境，尤如一首空灵的诗歌，随着相机快门的"咔咔"声，萦回在我的心空里久久不去。我想，这个"隐"字诀在写作上也是通用的。

妙用变通法

重庆大足宝顶山有一组"九龙浴太子"石雕，表现的是释迦牟尼佛诞生的故事：公元前六二三年四月初八日，佛祖释迦牟尼诞生在北印度，是净饭王的太子，当时有两位金刚力士手棒金盆从天而降，九条巨龙从九个方向凌空而来，喷吐香水为其洗礼，所以每年的四月初八日又是佛教的"浴佛节"。

这使我想起了曾在一本写大足石刻的书里读到过的，关于这组雕像背后的传奇故事。

就在那尊巨大的卧佛刚刻完时，出现了一个令人沮丧的现象：大佛终日"流泪"不止。工匠们仔细检查，才发现是由于地表水渗进石缝无处排泄，便从佛像的眼缝中浸出来，弄得卧佛就像是在流泪一样。怎么才能解决这个难题呢？有个叫赵聪的年轻工匠想出一个办法：在卧佛头顶边雕一组"九龙浴太子"石像，就是雕九条龙，把地表水收集起来从龙口中流出，既解决卧佛流泪难题，又解决太子释迦牟尼沐浴的水源，一举而两得。而"九龙浴太子"也是需要重点表现的佛教故事。这组石雕完成，从龙口流出来的水，历经千年不断，沐浴着金盆中的初生太子，然后流入了卧佛前象征"九曲黄河"之排水沟里，不但彻底解决了卧佛"流泪"的问题，而且完成了一组妙趣横生且有寓意的石雕，并将释迦牟尼的出生和去世放到一起来表现，把他一生的经历空出来，给观者留下了更大的想像空间，真是妙趣横生，寓意深刻，实在是了不起的巧思。

说起这样的巧思，我想起了前不久读到的一个真实故事：一个大学美术教师画了一幅菊花图准备去参展，谁知一个邻居小孩却拿起笔在那幅画上画出了两条不和谐的竖线，当这位美术教师的家人还在为小孩毁了画作而痛心时，只见美术教师拿起画笔添加起来，一会儿画面上多了一道篱笆墙，还配上了"采菊东篱下"的诗句，既解决了先前的问题，又使画作在原来的基础上增添了不少韵味。

赵聪和那位美术教师的故事告诉我们：变通思维，永远是创造奇迹的法宝。

化抽象为形象

宝顶山石刻中有一组"牧牛图"，全长约30米，图中的牧人代表修行者，牛代表修行者的心，驯牛的过程即是修行者调服心意、悟禅入门的过程，按先后顺序共分未牧、初调、受制、回首、驯服、无碍、任运、相忘、独照、双忘、禅定、心月12组，每组都包含着深刻的禅理。比如"未牧"，刻的是一头牛正昂头犟项拼命朝山间狂奔，后面的牧人双手紧拽牵绳把它往回拉的情景，其寓意是：人的心在未经过调服之前，就像未经过驯服的牛一样桀骜不羁，没有涵养，遇点小事便暴跳如雷、无法自控一样。又如"驯服"和"无碍"这两组连图，绘的是两个年青的牧人手握缰绳并坐一起，正亲密而喜悦地攀肩说着悄悄话，左边的牛也凑过来偷听，右边的牛却安静地跪在一旁饮水，人与牛的关系已经显得轻松、和谐，人已经不太在意牛了，这说明人对心性的驯化已经达到了无拘无碍的程度，清规戒律的约束也正在趋于淡化。再如"双忘"这一组，绘的是牛不吃不喝温顺而卧，牧人怡然自得，敞胸露怀地在一棵大树下畅然酣睡，树上一只小猴倒悬而下去扯他的衣襟他也全然不知。这里的小猴代表外界的干扰和红尘的诱惑，这一切对牧人不再起作用，说明他的修行到此已是心体澄静，外界的一切都已经无法干扰他了。最后的那组"心月图"，人和牛都消失了，只剩下一轮亘古长存的皓月，其意是通过逐步的磨炼已使自己的思想达到了空灵如皓月、一尘不染的境界。这龛造像取材于现实生活，具有别致的民间情调和田园诗般的艺术形象，既给我们展示了古代放牧生活的情趣，又蕴涵了深刻的禅宗教义。

这种面向基层大众，将玄妙深奥的教义揉和于人们非常熟悉的画面之中，并努力使之浅化，让人们如悟常理，倍感亲切，乐于和易于接受。化高深为浅显，化抽象为形象，这是艺术的高境界，是值得一切进行艺术和文学创作的人好好学习的。

博采众长集众智

宝顶山"圆觉洞问法"石雕群，是宝顶山石刻中最著名的精典作品。主持宝顶山石刻的赵智凤为了强化工匠们对佛教精神的理解，经常安排高僧给工匠们讲经，工匠们听了高僧讲的修成圆满正果的灵觉之道的《圆觉经》，高僧告诉工匠们，佛说此经时有十万个菩萨在听，其中包括文殊、普贤、弥勒等十二个上首菩萨。十二个上首菩萨还轮流向佛问法，涉及修行的方方面面，都得到了圆满的解答。工匠们想要把十二上首菩萨听经时轮流向佛问法的场景展现出来。赵智凤因势利导，鼓励工匠们在三个月内拿出各自的方案。三个月期限到了，大家的方案都交上来了，各有亮点：北方工匠王定和张青将十二上首菩萨排列于洞窟两边，形成对称，中间结跏趺坐三身佛，为突出问法的主题，又巧妙地在三身佛前设计了一尊合掌长跪的菩萨，作为十二圆觉菩萨的化身；京师工匠刘三和刘思九，在左边石壁上设计了一条长卧的龙，龙身是排水渠道，龙头下有一高擎钵盂的老僧，水滴"叮咚"滴入老僧的钵盂，以声音衬托洞窟里的安静；西域工匠艾力斯设计了洞窟大门，既营造了圆觉洞的神秘感觉，又解决了洞窟空间过大受力过重的问题，还在洞口设计了一尊狮子……赵智凤看了这些方案，决定取各家之长，共同完成这一杰作。于是，被称为"宝顶石刻之冠"的"圆觉洞问法"便诞生了，其巧妙的排水系统、采光系统、音响效果、菩萨化身、木质感的石刻手法，以及所营造出的奇幻境界和神秘氛围，至今令人叹为观止。

赵智凤这种充分发挥大家聪明才智、博采众长的工作方法和思维方式，到今天仍然光彩夺目，给人以深刻启示。

附记：搜到《大足县志》1996年版第203页，在《人物》篇中有这样一条记载："性超，贵州绥阳县僧人，清初应史彰之邀，偕师兄弟性正等五人赴宝顶重建寺院。初结庐山下，史彰助其种子、农具，开荒种地，取食积谷，暇时执刀荷锄伐木刈草，力作辛苦，师弟多有悔心。超坚韧不拔，祝发入寺，以身许佛，立誓永守，后募建圣寿寺，培修圆觉洞、大悲阁。性正方拟募建'天堂'，工未兴而圆寂。性超复竭力终其事，历时六载，神疲力瘁，卒葬宝顶。"说明佛名性超的绥阳人对培修圆觉洞、大悲阁也贡献了智慧和生命。

石脚板与猪肉石

在宝顶山的旅游商品中，笔者最感兴趣的有两样：一是石脚板，一是猪肉石。石脚板石雕的造型是一对人脚板，大都做得像婴儿的脚板那么大，一只在脚背上雕有一只知了，另一只在脚背上雕了一条鱼，象征知足常乐和富足有余（鱼）。中国人喜欢通过谐音双关来满足自己的心理愿望，比如手机号、车牌号等往往要弄个168（一路发）等等，春节打碎个碗要说岁岁平安，因为岁和碎谐音。这种脚板石刻正是把握住了人的这种心理愿望，所以颇受游客欢迎，购者如云。猪肉石是地质运动过程中沉积岩与其他矿物质接触色化而成，因层次多，同一块石头有"肉皮""肥肉"和"瘦肉"之分，看上去特别像猪肉。宝顶山的经营者卖猪肉石不是把它呈原始状态来卖，而是加工成挂肉、猪蹄、墩子肉来卖，因为中国的老百姓更喜欢这样的猪肉。

这两种商品给笔者的启示是：经营商品，一定要追着大众的心理愿望。同样，对我们每一个写作者来说，你写文章在弘扬真善美的基础上，也要追着读者的心理愿望进行创作，只有这样，你的作品才会有读者。

2013年10月